天使のあしあと
難病でわが子を亡くしたお母さんたちの手記

ひまわりの会編

海鳥社

カバーイラスト　堀本祐子

発刊に寄せて

久留米大学医学部看護学科　教授
藤丸　千尋

　この本には、久留米大学病院で闘病の末、わが子を亡くした7人のお母さんたちが、発病から闘病生活、そして子どもの死という絶望を経て、それぞれの人生を歩みだす過程が体験としてつづられています。

　あるお母さんは、「近づきつつある死を悟られまいと、つい強い口調で叱った」ことを5年経った今でも悔やみ、またあるお母さんは「つらい治療に耐え、家に帰りたいとは一度も言わないわが子に、私が涙を見せるわけにはいかない。子どもからパワーをもらった」と当時を語っています。

　いずれのお母さんにも共通することは、〝子どもを亡くす〟という言葉に尽くしがたい絶望のなかで、自分を責め殻に閉じこもり、外界との交流を断っていた時期があったこと、「ひまわりの会」に参加することでお母さん同士の気持ちの共有ができ、そのことが現実と向き合う大きなきっかけになったことが述べられています。

　看護教員である私は、学生たちが実習で受け持たせていただく患児やそのお母さん方と、具体的な「医療」とは違うところで関わっていたので、闘病生活の苦しみや悲しみは、看護師の視線よりも家族や友人に近い感覚で感じていました。また、学生の看護ケアを通してお母さんとの関係が深くなり、グリーフ（悲嘆）ケアの必要性を感じるようになっていました。岩崎瑞枝先生との出会いは、そんなときでした。

　やがて私たちは、「子どもとの死別を体験した母親が、悲嘆の状態から踏み出すためのきっかけ作りと、問題を参加者同士で共有し深く向き合うことで、母親自身の成長につながる」ことを目指す自助グループをつくることにしました。岩崎先生は、がん患者とその家族のサポートを

目的とした福岡の市民団体「ファイナルステージを考える会」の代表として、患者さんやご家族に対するターミナル（終末期）ケアを永年実践されている方なので、彼女の経験知と、国内に散見し始めていた「子どもを亡くした母親に対するグリーフケア」研究を参考に、グリーフケアを目的とする自助グループを研究として起ち上げることにしました。そして、久留米大学医療に関する倫理委員会の「承認」の審査結果を平成16（2004）年6月28日に受け取り活動を始め、現在に至っています。

　ここ数年、小児看護学の講義で、お母さんの1人に「子どもを亡くした体験」を話してもらっています。学生は、病気と闘いながら懸命に生きる子どもと母親のたくましさに感動し、涙し、写真の子どもに笑いかけていました。そして、医療者があたりまえに行っている医療行為のなかには、家族にはつらい体験となる場合があることも学んでいます。

　自助グループとして誕生した「ひまわりの会」は、7年の歳月を経て、母親の体験を文字にするまでにこぎつけました。本のなかの子どもたちは、つらい治療にも立ち向かい、調子が良いときには元気に病棟をはしゃぎまわり、私たちにつながりの大切さや前に進む勇気など、多くのことを教えてくれました。

　私たち医療者は、子どもとお母さん、そしてご家族にしっかりと向き合い、自らの実践を真摯に振り返り、彼らから学びながら、ともに進んでいくことが必要であると思います。

　本書は、子どもを亡くし悲しみのなかにいる母親だけでなく、病気をかかえながら精一杯生き抜いている子どもとそのご家族、また、看護師や看護学生、学校の先生や保育士など、子どもたちの身近で子どもと家族を支えている専門職の方々にも読んでほしいと思います。

平成23年7月26日
研究室にて

目次 もくじ

発刊に寄せて　久留米大学医学部看護学科　教授　藤丸千尋　3

俊作に会える日まで　　　　　　高次ひろみ　7

達ちゃんからのおくりもの　　　山口ゆかり　19

海ちゃん、ありがとう　　　　　木村美奈子　33

丈一郎とともに　　　　　　　　執行美佐子　45

あかりは今も家族のそばに　　　小嶋久美　61

光ちゃん、会いたいな　　　　　安田美津代　73

藍の笑顔に守られて　　　　　　諫山篤子　83

「ひまわりの会」のおもな活動　99

おわりに　久留米大学医学部看護学科　講師　納富史恵　103

あとがきにかえて　大分大学医学部・久留米大学医学部　非常勤講師
　　　　　　　　　ファイナルステージを考える会　代表　岩崎瑞枝　105

「ひまわりの会」とは

難病を患い、久留米大学病院の小児科病棟に長期入院の末、亡くなった子どもたちのお母さんの会。
子を亡くし、悲しみと苦しみの絶望の底にいるお母さんたちが、明日への1歩を踏み出せるようにと、同じ思いを抱えたお母さん方で結成されたグリーフ（悲嘆）ケアの自助グループ。悲しみに支配されずに、顔をあげて生きていくために、大空へむかって力強く咲くひまわりのようになれたらと、願いを込めて。

俊作に会える日まで

高次ひろみ

高次俊作
神経芽細胞腫
2005年2月3日永眠（8歳）

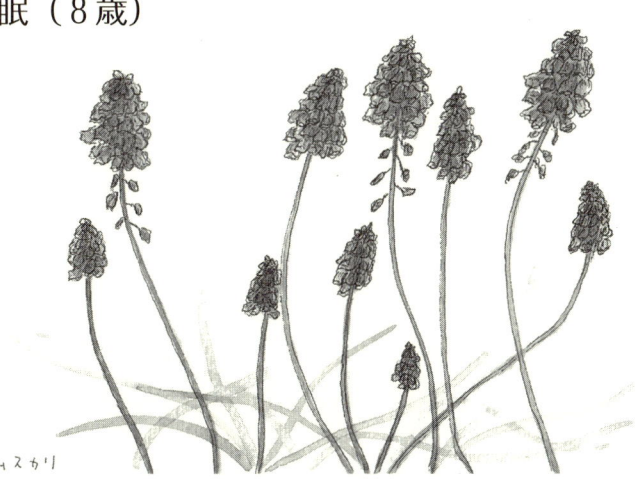

ムスカリ

発　症

　わが家には3人の息子がいました。

　現在19歳の長男と17歳の次男、そして、生きていれば15歳、中学3年生の三男・俊作の3人です。

　平成13（2001）年12月。

　風邪などほとんどひいたことのない俊作は、微熱が続き1週間ほど幼稚園を休みました。

　年が明けた平成14年正月の朝、2階からの階段を1人で降りられないほどに、「首と足が痛い」と訴えました。寝違えたのだろうと、整形外科を受診しました。「風邪からの関節痛だろう」と診断されたので「そのうちに治るだろう」と、さほど心配もせずにいました。

　しかし、その2週間後、突然、大量の鼻血を出したのです。こんなことは初めてだったので、どうしてよいかわからず、救急車を呼びました。このときの診断も「子どもの鼻の粘膜は弱く、鼻血は出やすい」と言われ、ほかの病気を疑うこともなく、1月が終わろうとしたころ、また「腕が痛い！　お腹が痛い！」と訴えるようになりました。

　さすがにこれはおかしいと思い、総合病院に10日間ほど検査入院をしました。結果は「マイコプラズマ肺炎」という診断でした。2月に入り退院したものの、一向に体調は良くならず、再び入院。そこで出された病名は「若年性関節リウマチ」。

　聞いたこともない病名にどう対応していけばいいのか、私たちは戸惑いましたが、元来、楽天的な私たちは「いつかは治る。少し身体は不自由になるかもしれないが、死ぬような病気じゃない」と気楽に思うことにしました。

　しかし、病院から出された薬を飲んでいても、苦い漢方薬を飲んでも、俊作の体は一向に楽になることはなく、ますます痛みは激しくなり、つ

いには、夜中に「頭が痛いよ！　耳が痛いよ！」と泣き叫ぶようになってしまいました。

こうなるまで約5カ月間、私たちは医師の診断を疑わずにいましたが、「一度、病院を変えて検査しなおそう」と考え始めるようになっていました。

そして、6月の中旬、やっと「CTを撮ってみよう」ということになり、その結果、医師からとんでもない病名を告げられたのです

「神経芽細胞腫という小児がんの疑いがあります。すぐに、久留米大学病院に行きましょう」と……。

俊作3歳のころ

「小児がん!?」

テレビのドキュメンタリーで見たことのあるあの小児がん？

「どうして？　どうしてもっと早く気づいてくれなかったの？」

まさか小児がんだなんて疑うこともなく、なんの知識もない私たちが頼れるのは医者だけだったのに。当時の担当医は、以前勤務していた病院では小児がんの専門医でした。それなのにどうして……。強い憤りを感じました。

しかし、こうなった以上なすすべもありません。なにも考えがまとまらないまま、荷物をまとめ救急車で久留米大学病院へと向かったのです。

平成14年6月11日、久留米大学病院の小児病棟に入院。ここには、「血液グループ」と呼ばれる小児がんの専門医がいて、まず、これから受ける数々の検査の説明を受けました。とてもつらく、悲しい話を聞かされることになりました。

「検査の結果、かなり進行しているがんで、もって、３年から５年だと思います」

ある程度の覚悟はしていたものの、まさかそこまで進行していたとは……。

その後の医師の話は、ほとんど耳に入ってこずに、涙だけが溢れてきました。

これから、俊作は５歳という小さな体で、がんと闘わなければいけないのかと思うと、胸がはち切れそうに苦しくなり、その日から数日間眠れなかったことを覚えています。

入院・闘病

平成14年６月25日。左副腎にあった原発巣の腫瘍の摘出手術を受けました。

８時間に及ぶ手術で、俊作のおへそから左脇腹にかけてメスが入れられました。出てきた腫瘍は俊作の拳よりひとまわり大きいものでした。こんな物がどうして俊作の身体にできたのか、こんなになるまで気づいてあげられず、申し訳ない気持ちでいっぱいになりました。

７月、１回目の抗がん剤治療が始まりました。

１本の点滴台に数個のポンプが取りつけられ、胸の静脈に管を刺し抗がん剤と栄養が送られる、ポート埋め込みという処置がなされました。複数の管に繋がった俊作の姿は痛々しく、代われるものなら代わってあげたい……。同じ状況にある親たちは、みなそう思っていたに違いありません。

激しい嘔吐と脱毛。抗がん剤の副作用が容赦なく俊作を襲いました。治療が終わっても、白血球が減り、好中球がなくなると、感染症を防ぐための薬を飲まなくてはなりませんでした。とても飲みづらい薬だったので、飲ませるのに苦労をしたのを思い出します。

その後、合計7回の化学治療を受け、この年の11月には、薬が効いているか調べるために、頭蓋骨から染み出た腫瘍を検体に出す手術を受けました。

　平成15年4月と7月には造血幹細胞移植を受けました。

　その間、副作用で帯状疱疹や出血性膀胱炎、肺炎も

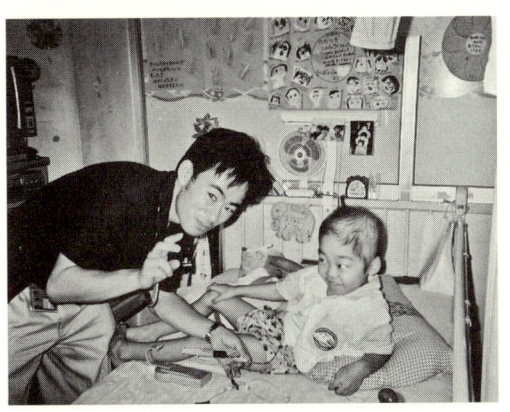

1回目の抗がん剤治療後。最後の担当医もつとめてくださった原先生と

患いました。移植後はあらゆる粘膜が炎症を起こすため、激しい口内炎に苦しみ、唾さえ飲み込むことができず、絶えずティッシュで口元をぬぐっていたので、乾燥して肌が荒れ、唇の周りだけ白くなってしまいました。

　そんな苦しい闘病生活のなか、院内学級の先生方と保育士さんたちは、病気で苦しむ子どもたちを楽しませてくださいました。

　七夕祭り、秋祭り、クリスマス会、春には外出届を出し、百年公園にピクニックにも出かけました。

　俊作と同級生の丈(たけ)ちゃんとは院内学級で小学校の入学式を迎え、そのあとに入院してきた、ゆうと君と3人で一緒に勉強し、病室で楽しく遊びました。年下のかずき君、こうちゃん、海(かい)ちゃん、ちいくん、けんちゃん、あかりちゃん、藍ちゃん。病室の小さな仲間たちはみな、難病を抱えているとは思えない明るさと笑顔で、看病する母親たちを癒してくれました。

　俊作にとって、つらい思い出も、楽しい思い出も、この闘病生活で経験することになったのです。

　平成15年10月4日。寛解状態となり、1年4カ月の闘病生活を終え、

授業参観にて

退院しました。

　11月からは、地元飯塚の立岩小学校に通い始めました。4月の入学式以来の学校にもすぐに慣れ、友達もたくさんできて、お互いの家に遊びに行く楽しみも増えました。

　俊作は3人兄弟の三男。平成8年6月23日に誕生しました。兄弟のなかでは、1番の負けず嫌いで、頑固で、陽気で、活発で、勉強も一所懸命がんばって、本を読むのが大好き。「お母さん、見て、見て！」と言って、妙な踊りを披露したり、兄たちと競って歌ったり、絵を描いたりしては、「誰が1番？　点数は何点？」と聞いて1番になりたがる。そんな息子でした。

　縄跳びを必死に練習して筋肉痛で学校を休んだこともありました。自転車も補助輪なしで乗れるようになり、得意げに町内を走り回ったりもしました。スイミングスクールにも復活し、新たに、習字と少林寺拳法も始めました。

　俊作は色んなことにチャレンジしました。長くつらい入院生活でできなかったことを、すべてやり尽くす勢いでした。無理はさせたくなかったけれど、俊作の思いを貫かせてやりたいと思いました。

　平成16年4月、俊作は小学2年生になり、病気などすっかり忘れてしまうほど、身も心もたくましく成長していました。

　7月、俊作は走った。飯塚祇園子供山笠の新流れ。思いっきり力水を浴びて、元気いっぱい、打ち込みをした。

　もう心配いらない。すっかりがんは治ってしまった。きっとこのまま再発せずに元気でいてくれる。俊作は特別なのだ、神様がこんな元気な俊作を見捨てたりしない。そう信じた瞬間でした。

　この年の夏休みは、俊作には色々な体験をさせました。

「家族で泉水キャンプ場に行きました。テントを張り、満天の星空の下で眠りました」

俊作が夏休みの絵日記に書いた言葉です。

九重登山もしました。夫と交代でおぶって登り、頂上までは行けなかったけれど、〝久住分かれ〟までがんばりました。龍門の滝すべりもしました。何度も転んだけれど俊作は泣きませんでした。

楽しかったキャンプの様子を描いた俊作の作品

友達家族と千石峡の川にバーベキューをしに行きました。俊作は小さな亀を見つけ、「コトン」と名づけ持ち帰りました。残念ながらコトンは今年、俊作の七回忌の後、俊作のところへ行きました。

平成16年10月3日。初めて小学校の運動会に参加しました。徒競走は5番目。「やばかったー！ ギリギリ、どべ（ビリ）にならんやったばい！」と誇らしげに笑っていました。

今にして思えば、精一杯全力で残り少ない命を燃やし続けていたのです。

別れのとき

平成16年11月3日。夜中に背中の激痛を訴え、救急車で久留米大学病院へ。

恐れていた再発でした。

覚悟していなかったわけではないが、でも、あんなに元気に走り回っていたのに、どうして……。悔しかった。もう何もしてあげられない。

退院後、お兄ちゃんたちが習っていた少林寺も始めた俊作

わずか8歳の身体を襲う激痛をモルヒネで抑えることしかできなくなってしまいました。

背骨に転移したがんが腰椎を潰し、その激痛はやがて、下半身をマヒさせました。歩けない、おしっこを漏らしてしまう。そんななかでも、負けん気の強さからか、オムツをするのをかたくなに拒んだ俊作でした。

しかし、病魔は無情にも次々と俊作の体を蝕んでいきました。眼球の腫れが酷くなってきたので、放射線治療をお願いしました。腫れはひいたものの、右目の視力はなくなり、大好きなゲームもほとんどできなくなりました。見えなくなった眼を押さえながら、「この目がいけんと！」と悔しがりました。

俊作にできることが、徐々に限られてくるなか、父親は俊作のために何でもしました。当時流行っていたカードゲームのレアカードをすべて買っては、博多から仕事帰りに届けました。

「お父さん、俺に気ィつかってくれるんばい」

俊作は看護師さんにそう言って、誇らしげにカードを見せた。最新のゲーム機DSも誰よりも一番に手にしました。父親は、俊作のそばにいてやれない寂しさを、なんとか埋め合わそうとしていたのでしょう。

平成17年、元旦。病院のほとんどのお友達は外泊で家に帰りましたが、俊作は帰れませんでした。

家族で「すこやかハウス」で過ごしました。「すこやかハウス」とは、久留米大学病院に長期入院する患者の家族を支援するために造られた宿

泊施設です。

　大好きな寿司を食べました。俊作は海老のにぎりが大好きでした。

　このころはもうほとんど動けなくなり、1日中ベッドの上で過ごすようになっていました。排便、排尿が少なくなり体重が増え、重くなった俊作を1日中抱っこしていた日もあります。

亡くなる2カ月前。毎年、年末に久留米大学小児科病棟を訪れるマクドナルドのドナルドと

　1月下旬、大部屋から個室へ移りました。俊作も、だんだんと死を意識していたに違いありません。同じ時期に入院していた何人かの友達が亡くなっていることを俊作は知っていたので、私たちは俊作に〝自分の死〟を悟られないために、普段の態度をとろうとしていました。そのため、少し強い口調で叱ったことがありました。そのとき俊作は「お母さん、わがまま言ってごめんなさい」と言ったのです。

　苦しむ息子にそんな言葉を言わせてしまい、つらかった。泣きたかった。でも俊作の前で泣いてはいけない。必死にこらえ笑顔を見せるように努力しました。

　お見舞いにきてくださった少林寺拳法の先生やお友達にも、俊作は、ぶっきらぼうな態度をとることしかできなくなっていました。

　平成17年2月3日。俊作の呼吸が苦しくなってきた。とぎれとぎれの呼吸と朦朧とした意識のなかで、うわ言を言った。

　「兄ちゃん！」「あーきつい、きつい」「自転車で近いよ」「ブッブー当ってません」「お母さん！　お母ちゃん！」「起きて時間だぞ！」「新しいの、買ったけん、マジ！」

　きっと、この世に生まれてきてから体験したすべての楽しかった出来

事をいっぱい夢見ていたのだと思う。
　そんななか、少し意識が戻ってきたとき、唐突に俊作は「お母さん、俺死ぬと？」と尋ねた。
　私は胸に杭を打ちこまれたような痛みを感じながら、咄嗟に「そんなことないよ、死んだりせんよ。先生がいっぱい薬入れてくれようきね、大丈夫！」と言うと、「わかった」と、力強く答えてくれた。
　なんて健気だろうか。俊作は涙一つこぼさなかった。生きる希望は捨ててなどいなかった。
　２月３日15時ごろ。
　「修己（次男）もらえそうになったけど、兄ちゃん（長男）たちと約束したき」
　「あ・る・か・ら・勝てるぜ！　あ・る・か・ら・勝てるぜ！」
　きっとカードゲームをしていたのでしょう。

　16時ごろ。
　「お　う　ち　に　か　え　り　た　い……」と、苦しい呼吸の合間にささやいたので、私は大きな声で、「よし！　帰ろうね！　先生にお願いして帰ろうね！」と俊作に言いました。
　「で　も……、もう　少し　が　ん　ば　る！」
　この言葉が俊作の最期の言葉でした。

　平成17年２月３日17時11分。俊作は８歳７カ月の短い命を静かに終えました。
　診断がついてから２年７カ月、その前の若年性関節リウマチと診断されてから３年。俊作はやっと、がんの苦しみから解放されたのです。
　息を引き取ってから２時間後に駆けつけた兄たちと祖父母は、物言わぬ俊作の姿に泣き崩れ、長男の順也は声を押しこらえ涙だけを流し、ずっと俊作の頬を撫でていました。次男の修己は大声で泣き、「どうし

兄2人に囲まれて

て同じ日に知っている人が2人も死ぬと！」と叫びました。
　実はこの日の朝、親しくしている近所のお爺さんが亡くなっていて、2日後にもやはり、ご近所のお爺さんが亡くなり、なんだか俊作が怖がらないように、2人のお爺さんが俊作をお浄土へ連れて行ってくださったように思えるのです。

　俊作が亡くなってから、6年の歳月が過ぎましたが、まだ俊作は私たちのそばではしゃいだり、笑ったり、怒ったりしているようです。
　ときどき、夢に出てくる俊作はなぜか病気のままで、抱いたりおんぶしたりで、いつも何かから逃げている、そんな夢ばかりです。
　車を運転中に、急に思い出し涙が止まらなくなったり、子どもの病気のドラマやドキュメンタリーは、未だに観られません。
　いつか俊作に会える日がくるときまで、私たちは俊作に負けないよう、力強く前向きに生きていこうと思っています。

俊作が最期に言った「がんばる！」という言葉は、私たち家族に残した励ましの言葉だと信じ、決して忘れません。

　闘病中、つきっきりで看病していた私のかわりに、2人の兄の世話を一所懸命してくれた母に感謝しています。
　俊作のために励ましの手紙や千羽鶴を折ってくださったり、病院で退屈しないようにと、絵本やゲーム、パズル、手作りのお守りなどをプレゼントしてくださった、愛宕幼稚園と立岩小学校の先生と保護者の皆さま。少林寺拳法でお世話になった先生方、習字の恵良先生、新飯塚スイミングの先生方、長い道中お見舞いに来てくださった高井先生ご夫妻、そしてなにより、俊作といっぱい遊んでくれたお友達に、この場をお借りして、改めて感謝の気持ちとお礼を述べさせていただきます。
　俊作のために本当にありがとうございました。

ソラマメ

達ちゃんからのおくりもの

山口ゆかり

山口達也
神経芽細胞腫
2002年12月5日永眠（5歳）

発　症

　ここに2冊の小さなノートがあります。これは私と達也の1年間の病院生活、そして、退院後、再発後、最期のときまでを気がむくままに書き残していたものです。久しぶりにそのノートを開く。
　最初のページは平成13（2001）年1月22日。
　「平成13年1月13日（土）に入院して10日目、本当は記録に残したくなかった。でも達也のがんばる姿を残しておきたい。達也と笑いながら一緒に読めるように……必ず……」
　最後のページ。
　「平成15年8月5日。去年の達也の最後の日のこと。やっと今日書けるようになった。あの日のこと……」で終わっています。
　山口達也は私たち夫婦の3人目の子どもとして、平成9年9月11日に生まれました。その前年に生まれた拓也は28週という早産のため、聖マリア病院のNICUで4週間の命でこの世を去ったので、正確にいうと達也は次男ではなく三男になります。達也がお腹にいる間、私たち夫婦は前回の悲しい出産を乗り越えるために、大事に大事に10カ月を過ごしました。まだ年少さんだっだお兄ちゃんが「抱っこ」とせがんでも、それはお父さんの役目でした。
　そして無事出産。すくすくと育ち、控えめなお兄ちゃんとは対照的に、よくしゃべり、笑い、泣き、感情表現の豊かな男の子でした。
　達也が1歳になったのを期に、私はフラワーアレンジ教室の講師を始めました。私が仕事の間はお兄ちゃんと一緒に私の実家でお留守番をしていました。その教室の生徒数も順調に増え始めていた平成12年の年末。クリスマス、お正月と、花業界では一番忙しい時期に、達也の病気が表に出始めていました。
　この冬の寒くなり始める前には、翌年の4月から通う予定の幼稚園の

運動会にも参加していました。嬉しそうな笑顔が写真で残っています。幼稚園への準備を進めていた冬、機嫌が悪い日が続き、微熱が出始め、時折り足が痛いと言い出しました。かかりつけの小児科を受診すると、「一応採血しておきましょうか？」と言われたので、軽い気持ちで採血。しかしこれが、病名が分かるきっかけとなりました。

その後、市立病院を紹介され、そこでの受診でもすぐ、大学病院での検査を余儀なくされました。

「そんなに急ぐ病気なの？」

ちょうど、年末とお正月を挟んで

クリスマスの風景。長男・雄史と発症前の達也

いたので、一日中達也と一緒に過ごしていた私にも、日に日に達也の病状が悪化していくのがわかりました。

「足が痛い、首が痛い」と言い始めました。そう、これは骨に転移していたために痛かったのでしょう。年が明けて、大学病院へ。休みの日でしたが、急患扱いでの入院でした。もうそのころは歩くこともできず、いつも抱っこで移動していました。

検査の結果。

「病名・神経芽細胞腫／ステージⅣa／予後不良／後副膜に原発あり／骨転移あり」

採血の結果から、先生方もはじめは「白血病」を疑っていましたが、後腹膜に腫瘍がみつかり、「神経芽細胞腫」との診断でした。最初の病状や治療の説明のときのことは、あまり記憶に残っていません。「頭が真っ白になる」とは、こういうことかもしれない。一つだけ覚えている

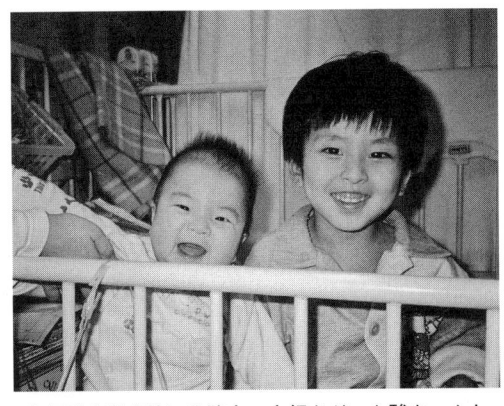
久留米大学病院に入院中。大好きだった駿ちゃんと

のは、私が質問したこと。「どれくらいの期間の入院ですか？」「半年から10カ月ですね」。何年も先のことに思えました。

その後も幾度となく先生からの病状説明と、これからの治療計画を聞きました。いつも私たち夫婦と達也と3人でした。達也はいつも途中で眠ってしまうのですが……、がんばる本人にも聞いて欲しかったのです。

誰もが治ると信じて治療を始めました。

入院・闘病

平成13年1月22日の記録。
「ＣＴスキャン、骨シンチグラフィー、Ｘ線……。達也はよくがんばった。長い治療生活になる。そして再発したら確実に私より先に星になる。がんばって治療しようね。達ちゃん、あなたは拓也の分まで生きないとだめよ。兄ちゃん一人にしないでね。
お母さんお仕事やめるね。ずっと一緒だよ、海水浴、旅行にも行こうね。達ちゃんの笑顔、お母さん守ってみせるから」

1回目の抗がん剤の投薬治療が始まりました。
予想に反して吐き気も少なくて、元気でした。抗がん剤とはすごいと思いました。ほとんど歩けなかったのに、1回目の治療が終わった後、自分の靴を履いて歩けるようになったのです。

これから続くつらい治療を「やめたい、お家に帰りたい」と、達也は1回も、ひと言も言いませんでした。
　最初のころだけ、ものすごく飲みにくいお薬を嫌がりましたが、そのときには私も涙が溢れてきました。がんばって飲んで欲しい気持ちと、こんなに嫌がる薬を飲まなければいけない達也があまりにもかわいそうで、溢れてきた涙でした。

4歳の誕生日

　でも、私が泣いたのはこのとき1回だけで、私は達也の前では「泣かない」と決めました。こんなに小さな体で病気と向き合い、がんばっているのに、私が涙を見せるわけにはいかないと誓ったのです。
　ちょうど1年間の入院で、抗がん剤の治療、造血幹細胞移植3回、最後に原発の手術。大人ではきっと、耐えられないほどの治療でした。子どもは先のことを大人のように予測できないので、痛みや治療に強いのだと聞きました。

　4月2日の記録。
　「明日から幹細胞を採取するので、動脈・静脈のルートをとる。担当の稲田先生から、『来週から治療を始めたい』と話があった。その日はちょうど、幼稚園の入園式だ。入園式は治療を延ばしてでも出席したいと言うと、先生は『来年も入園式はあるのだから……』と言われた。でも、来年は見えない。行けるときに行っておきたい。達也の思い出のなかに記憶してあげたいから」
　4月11日。「今日は入園式だった。ずっと抱っこだったけど、家に

帰ってからも制服を脱ごうとしなかった。夕方までずっと着ていた。嬉しかったのカナ。3学期からいけるといいね、がんばれ‼」

8月1日。「今日から2回目のＰＢＳＣＴ（造血幹細胞移植）に向けて治療始まり。何も変化なくて元気、少し早めに寝た。今日、『ボクはどこの小学校に行くと？　早くお兄ちゃんみたいに大きくなりたい！』と言っていた。小学校のランドセル見れるよね。ちょっと何か弱気なこのごろです。

この仲良しな兄弟を引き裂いてはいけないよね。神様お願い‼」

平成14年1月6日。「新しい年になりました。12日で入院して丸1年になるので、それまでには退院したいな、と思っている。お兄ちゃんも1年間がんばったね。昨年入院したときはこんなに元気になれるとは思ってなかったし、お正月2人で遊んでいるのを見て『これが普通よね』と思ったし……。普通であることが1番幸せかもしれない」

1月11日。「今日は最後の夜です。明日で入院して丸1年。1年前の寒い土曜日、4人で来て、2人置いていかれて、あれから1年。この日の退院を一番信じてがんばったのは達也だけかも。このまま再発しないで成長していって欲しい。望みが少し見えてきた気がする。

がんばれたっちゃん」

退院後は、入院していた1年分を取り戻したくて、いろんな所に4人で遊びに行った。幼稚園にも通えるようになりました。

連休には阿蘇にお泊り旅行にも行った。楽しそうにお兄ちゃんと遊んでいる写真が残っています。

6月、初めて蛍を4人で見に行った。達也が「来年も見に来ようね」と帰り際に言う。私は心のなかで「来年もきっと連れてくる」とつぶやいた。

退院して半年が過ぎ、このまま家族4人での生活が続くと思っていたころ、無情にも、再発。今後の治療の話を3人で聞きました。

先生からのお話は、「このまま何もしないか、外来治療でもたせるか、骨髄移植までもっていくか……」というものでした。再発したら、厳しいことは私たち夫婦はよくわかっていたので、迷わずに「外来治療」を選びました。せめて1年、普通に過ごしたかった。

お兄ちゃんと庭で仲良くプール。亡くなる3カ月前

　9月には東京ディズニーランドに行く予定だったが、それも早めたほうがいいと先生は言われたので、7月に変更し、8月までは毎月いろんな所に泊まりに行きました。思い出だけしか持たせてあげられない……。達也にはきついスケジュールのときもあったかもしれない。でも、それでも、思い出を作ってあげかたったのです。

　最後に4人で遊びに行ったのは9月22日。佐賀のどんぐり村へ。もうこのころは車いすでの移動だった。ちょうど子供用のレンタルが空いていたので、半年間借りていました。

　このころの最後の家族写真が残っている。目の裏側に転移していたので、目が飛び出して目の周りが黒くなっているのがわかります。

　血小板・赤血球の輸血のために、毎日のように外来に通う日々だった。金木犀が咲くころには車いすで移動し、痛み止めを使い始めました。頭にも転移しており、放射線をあてると、良くなったかのように元気になりました。

　10月1日の記録。

　「今日は血小板の輸血に病院へ。。朝、玄関先の金木犀を見て笑った。外来のベッドでも寝てばっかり。大好きな稲田先生を足で蹴った。

『たっちゃん、色々がまんしてるんやろ？　先生どうしたらいい？』『何かしてあげたい』。初めて先生の涙を見た。いつもの達也じゃないよね、もう。もう一度笑ってほしい」

　まさか、自分の子どもが最期のときに、モルヒネを使うほどの痛みに苦しむとは、いったい誰が予想するだろう。

　10月2日。とうとう最後の入院の日となった。いつも外来に行くときは、いつ入院になってもいいように、車に入院セットを積んでいました。前にも1度けいれんを起こして救急車で病院に向かったことがあり、そのときは数日の入院で済みましたが、すぐにまた通院の日が続いていました。

　この日も昼間は外来で血小板の輸血に行って、帰りはいつもより元気でした。晩ご飯も食べて、その後1度けいれんを起こし、すぐ戻りましたが、またけいれんを起こし、今度は意識が戻りません。今回は我が家の車で向かいました。

　1番奥の個室が用意してありました。大分脳の方も腫瘍が圧迫して、胸水も溜まっているとのこと。

　「もしかしたら、このまま意識が戻らないかもしれません」と先生から言われました。

　でも、達也はまだ生きようと一所懸命でした。

　翌朝には意識も戻りました。点滴に繋がれると自宅に帰れないとわかっているので、どんなお薬も口から飲もうと必死でした。

　でも、この最後の入院から、笑顔で退院することはできませんでした。

　10月12日の記録。「入院して1週間が過ぎた。最後まで家で看取りたいと思ってきた。でも明日の外出で、あとは病院で静かに痛みを取ってあげるしかないないと思う。また外来で元気に通いたいけど、それはもう無理みたい。

　いつもの達也で最後までは無理だった。

でもしゃべることはキープできた。
これでたっちゃんいい？」

10月13日。「今日は本当は幼稚園の運動会。皆で行きたかったけどね。無理を言って家に外出してきた。車のなかの振動はきつかったみたいだけど、チューリップの球根をたくさん植えて、ハムスターに触れて少しご機嫌。また帰ろうね」

10月24日。「達也との時間がだんだん少なくなってきてるのを感じる。『たっちゃんは何を思っているかな？』。覚悟していたことだから、冷静に迎える自分がいるのが不思議だ。これで良かったのかと問い返してはいけないと思いつつ、日々が過ぎて行く。もうすぐ11月。みな『がんばってね』というけど、もうがんばることはないのよね……。

今日も大分胸水が抜けた。眠りから覚めるとき、『お母さん、帰ろうー、帰ろう。お家に帰りたい』を何度も何度もくり返した。私、言葉が出ずに、涙しか出てこなかった」

別れのとき

亡くなる4日前、覚悟をして酸素ボンベ、サチュレーションをつけたまま外泊しました。もしものことがあってもいいと覚悟して。

それでも達也は元気になって家に帰ることを思っていました。「足が良くなったら帰れるね」と言っていました。

亡くなる前の日、大好きだった入院仲間の駿ちゃん親子がお見舞いに来てくれました。お兄ちゃんの幼稚園のときの先生も来てくれました。熱が高くては話はできなかったけど、嬉しそうだった。最後に会いたい人に会えた1日でした。

最後の夜。
「お母さんの顔がよく見えないからこっち向いて」
これが亡くなる前の最後の言葉でした。

平成14年12月5日18時20分。私たち親子、血液グループの先生方、そのときの研修医の金先生に見送られて、ひとりで私たちのそばを去って行きました。
　この日の朝、起きると、けいれんが始まりました。いつものようにお薬を入れてもらい、いつものようにまた目が覚めると思っていました。でも、目は覚めませんでした。血圧、心拍が落ちてきて、お兄ちゃんが来るまで、先生にがんばってもらいました。最後は延命治療、呼吸器の挿管をしないことは、夫と決めていました。これ以上痛いこと、苦しいことはしたくない。お兄ちゃんが着いてから、抱っこしました。だんだん冷たくなっていく達也を抱きしめながら……。
　最期のとき、静かに送ってあげられました。
　なぜだろう。心が静かに、これでもう痛いことはないんだ、と思えました。

　私たちは達也の笑顔を守ってあげられませんでした。でも、達也からのおくりものがたくさんあります。
　外泊で帰っていたある日。達也が、「お母さん、お花のお仕事また始めていいよ。僕とお兄ちゃんは、ばあちゃんちでお留守番しているからね」と言ってくれた言葉が勇気をくれました。
　きつい体で植えたチューリップの芽が出たのを見たのは、達也のお葬式の後でした。春にはたくさんの花が咲きました。
　平成15年5月。「やまぐち花教室」として教室を起ち上げました。その後アトリエを建てたとき、1番最初に達也の写真を飾りました。今でも仕事をしている私を見守ってくれています。
　平成16年10月2日。女の子誕生。待望の女の子でした。山口家にもし女の子が生まれたら「実花」とつけようと決めていました。でもふっと、「たっちゃん、名前、どうしようか」と思っていると、達也が幼稚園で大好きだった、「あかりちゃん」が浮かんできました。名前は「明莉」

に決まりました。

　達也は幼稚園の友達のあかりちゃんが大好きでした。ある日聞いたことがあります。「あかりちゃんと稲田先生、どっちが好き？」。達也はずいぶん悩んでいたのを覚えています。

　達也の訃報を聞いて、たくさんの方がお参りに来てくださいました。しばらく連絡を取っていなかった、お兄ちゃんの幼稚園時代のお母さんたち。悲しいことがきっかけで、またお付き合いが始まりました。

海で思い切り遊ぶ達也

　1年間の闘病生活。ずっと達也と一緒でした。狭いベッドで一緒に寝ました。一緒に過ごした時間はきっと、彼が元気でいたときの成人するまでの時間に相当するくらいだったのかもしれません。それは神様が私たちにくださった時間なのでしょう。

　達也と泊まった阿蘇のペンションに3人で泊まりに行きました。4人で出かけた所に3人で行って、いろんな思い出を思い出したかったのです。ペンションのオーナーに、どこか新しい観光の名所がないか尋ねたところ、「葉祥明美術館があるかな」と教えてくれました。あのほのぼのとした絵本作家の……と思いながら行ってみました。たくさんの絵本や詩集があり、そのなかで1冊の本に手がとまりました。

　『ひかりの世界』（佼成出版社）。病気で亡くなった男の子が、空から送ったお母さんへのメッセージでした。何度も何度も読みました。達也が生まれてきて、5歳で亡くなったのは何か意味があるのかもしれないと思いました。病院の仲間のお母さんたちにもこの本を贈っては共感し

29

ました。
　がんで闘病する痛み、残った家族の悲しみ、子どもを亡くすという悲しみ。なぜか共有できる人がまわりにいました。一緒に涙を流し、痛みを少しでも楽にしてあげられたら、と思いながら……。
　同じ子どもを亡くしたお母さんから、「山口さんは強い」と言われるけれど、そんなに強くはありません。悲しい出会いだけど、これもたっちゃんからのめぐり合わせだと思って、いつもできる限りの手を差し伸べてきました。
　もともと話すことより書くことが好きな私。
　達也がこんなにがんばってこの世を去ったこと。
　生きたくても生きることができない子どもがいることを、親が、子どもが、お互いの命を殺めるこの時代にみなに知って欲しくて、「朝日新聞」の「ひととき」に投稿をはじめました。「書く」ということで自分が癒されていくのがわかりました。
　小学校の「命の授業」で達也のことを話す機会をいただきました。「生きたいけど生きられない命があること」をロウソクの灯にたとえ、「一度消したらもう燃えることはない」との私の話に、子どもたちは涙してくれました。もうあの子たちは高校生でしょうか。

　少しの間しか通えなかった大好きだった幼稚園。卒園するまで、先生方もお友達もいつも一緒でした。園では卒園するまで達也の写真を飾ってくださっていました。皆と一緒に卒園できなかったのは悲しいですが、「天国のたっちゃんへ」とメッセージをたくさんもらいました。
　長い病院生活のなかで、同じ病気で闘う子どもたち。葵ちゃんとは同い年で、いつも仲良しでした。もう中学２年生ですね。不自由な生活でしたが、「○○ちゃんママ」という呼び方はお互い今でも変わりません。
　達也が大好きだった稲田先生、きっと達也の初恋の人かもしれませんね。あのとき研修医だった横山先生も、今ではりっぱな医院長先生です。

みんなで撮った最後の家族写真

　退院のとき、ハム太郎の大きなぬいぐるみを持ってきてくれました。亡くなる前にも岡松先生と一緒に会いに来て下さいました。「たっちゃんのこんな姿見たくなかった」と涙しておられたと、後で聞きました。
　どの先生も忙しい時間の合間にしっかり向き合ってくださり、看護師さんたちには、ときには愚痴を聞いてもらったりと、本当にお世話になりました。
　達也は、最後の方はアイスしか口に入れられず、毎回「アイスの実」を買いに行っていました。最後の夜も葭原看護師さんが「たっちゃん、冷凍庫にアイスの実を買って入れてるから、あとで食べてね」と言って帰られました。
　でも、そのアイスの実を食べることはできませんでした。今でもアイスの実を見るとあのときのことを思い出します。
　今でも年賀状には「たっさん」と書いてきてくれる下川さん。毎年の年賀状に思いだす、中村さん。病気にならなかったら出会うことのな

かった方々です。

　「ひまわりの会」のことは、ちょうど、明莉がお腹にいる初夏のころ、久留米大学の藤丸先生から事務局のお話をいただきました。お世話になった大学病院に、そして病院で病気と闘っている子どもたち、お母さん方に何か手を差し伸べられたらと思っていたので、お受けしました。子どもを亡くした親の思いは同じです。悲しみを共感し合い、少しずつ笑顔が戻るお母さん。元気になる時間はひとそれぞれです。会でもいろいろな出会いをいただきました。
　達也が私たちのそばを去った後、いろんなことがある度に、彼のがんばっていた姿を思い出します。
　「こんなことで負けていたら、達也に笑われてしまう」と思うと、元気がでます。
　私たちにいろいろな出会いを、そして勇気を、〝最後までがんばる〟ということを教えてくれた気がします。彼の生きた5年間は、私たちにいろんなことを教えてくれました。明莉が大きくなったら、胸をはって、がんばって生き抜いたお兄ちゃんの話をしてあげるつもりです。
　天国の達也から、たくさんの贈り物をもらったのです。

　今春から、達也が通う予定だった小学校に、明莉が毎朝「行ってきまーす」と元気に通っています。達也の分までランドセルに詰めて……。
　お兄ちゃんは達也の無念さを胸に、達也の分までがんばって、高い目標をめざしてがんばっています。
　きっと空から毎日、おばあちゃん、2人のおじいちゃんとこちらを眺めて応援しているに違いありません。

　今日もがんばるね、たっちゃん。

海ちゃん、ありがとう

木村美奈子

木村海斗
脳腫瘍（髄芽腫）
2003年5月9日永眠（4歳）

発　症

　平成10（1998）年7月30日午後3時15分、3592グラムで私たち夫婦の1番目の子どもとして、海斗は誕生しました。夫25歳、私は23歳でした。
　初めての子どもでとても可愛く、泣くとすぐ抱っこしたり、母乳をあげたりしていたら、プクプク成長し、3カ月検診で、「体重オーバーです。泣かせてダイエットさせましょう」といわれてしまいました。
　風邪もひかない健康優良児でした。
　海斗は順調に成長していきました。しかし、平成12年1月、歩くのが下手になっているのが気になったので、定期的に通っていた保健センターで保健師さんに相談すると、発達が少し戻ることもあるとのことだったので、そうなんだろうと思って安心しました。しかし2月になって、それでもやっぱりおかしいと思っていたところ、義理の姉に「目がなんだかおかしくない？」と言われたのもあり、近所の小児科を受診しました。
　すると先生は、「頭に何かあるかもしれない」と言われました。
　久留米大学病院に紹介状を書いてくださいました。
　私は先生から言われたことで、何か大変なことが起こっているのではと怖くなり、また久留米大学病院の場所を知らなかったので、夫の職場に駆けつけ、久留米大学病院をその日のうちに受診しました。
　大学病院なんて、自分には縁のないところだと思っていました。
　いくつかの検査をして、小児科の外来の待合室で結果を待っている間、夫も私も涙が止まりませんでした。海斗も不安だったのでしょう。夫と私のところを行ったり来たりし、私を慰めるつもりなのか、何度もキスをしてくれました。呼ばれて診察室に入ると、素人の私が見ても明らかにおかしいと分かるＣＴ画像がありました。脳腫瘍でした。
　即入院、即手術ということで、その日から海斗の闘病生活が始まりま

した。母子一緒に入院できるので、海斗と一緒にいることができました。

　私は、もっと早く病院に連れて行っておけば……と、とても後悔しています。このことを思い出すと、つらくて海斗に申し訳なくて、たまらない気持ちになります。

入院・闘病

　平成12年2月から平成13年1月に退院するまで、1年間の闘病生活を送ることになりました。海斗はこのとき1歳半。わが家に子どもは海斗1人だったので、つき添いでの入院に障害はありませんでした。

8カ月のころの海斗

　入院して、すぐに脳腫瘍の手術をしました。手術は朝から始まり、終わって病棟に戻ったときは夜も遅く、日付が変わろうとしていました。術後、廊下で「手術は成功しました」と、写真を見せてもらいながら説明を受けましたが、幼い子どもが長時間の手術を受けたので、今夜は注意が必要とも言われました。

　その日の夜は、一度、術後の痛みで海斗は目を覚まし、鎮痛剤を投入してもらって再び眠りにつきました。その後、意識を回復してくれました。

　手術後の海斗は、首の据わらない生後間もない赤ちゃんのような状態でした。腫瘍はやはり悪性で、髄芽腫というものでした。小児科病棟に移り、抗がん剤の治療、造血幹細胞移植の治療を行うことになりました。

　小児科病棟に移ったころの海斗は手術前とは本当に変わってしまっていて、大きな赤ちゃんになってしまいました。小児がんと、身体に大き

35

な障害を持ってしまった海斗を私が守っていかなければ、という、強い気持ちを持つように心がけました。それでも海斗と２人きりで病室にいると、不安でたまりませんでした。

手術後、髄液の流れがうまくいかず、傷口からもれていたため、下に流れるように上体をなるべく起こしておくように脳外科の先生から言われていたので、１日中海斗を抱っこしていました。個室だったのでとても孤独を感じていました。

あとで看護師さんに聞いたのですが、このとき海斗は髄膜炎の疑いがあったため、個室になったとのことでした。そんな事情を知らなかった私は、海斗の状態が悪いから個室なのだろうと思い込み、精神的に参っていました。このとき大部屋にいたら、ずいぶん違っていただろうなと、あとになって思います。

何カ月か過ぎると、同じ病気で入院、治療をしている子のお母さんと話をしたり、ほかの病気で入退院をくり返している子のお母さんたちと話をしたりして、精神的に少し安定してきました。そして、前向きに考えるようになりました。

治療は、クリーンルームでの生活が必要なほどの強い抗がん剤を用いるものだったため、個室、２人部屋などのくり返しでした。孤独感はありましたが、同じ気持ちのお母さんたちとの会話はとても私の心を癒してくれました。海斗を１人にしておくのは心配だったので、ほんのわずかな時間の会話でしたが、１人じゃないんだなと思えました。

海斗の身体状態も少しずつ回復しました。哺乳瓶で水分を飲み込むことから始まり、首のすわり、発語。退院するときは、ふらつきはありますが、おすわりができるようになっていました。

この海斗の成長も私の支えになっていました。

治療が終わり、いざ退院の話になると、嬉しいのですが、逆にとても不安でした。

海斗をどうやって育てていけばいいのか、再発はないのかなど考え出

動物が大好きな海斗。うさぎを抱いて大喜び

すと、入院しているほうがいいと思うほどで、大きな不安を抱えていました。

　そのとき、私は主治医にお願いして、「大丈夫です」と言ってもらいました。その言葉をお守りのように心の支えにして、私たちは退院しました。

　退院後は、定期的に小児科に通い、ＭＲＩの検査などを受けました。

　退院後は小郡市のこぐま学園に通園し、リハビリなどを行いました。海斗は、お友達がたくさんできてとても楽しそうでした。歌を歌ったり、大きな声でお返事をしたり、とても上手にできるようになりました。歩行器を使用し、平地では一人で歩けるまでに回復していきました。

　この時期にも、腸重積になったり、大きな痙攣があったりと、何度か入院しましたが、その都度、お世話になった看護師さん、入院中のママ友に会い、励まされました。

　海斗は動物が大好きだったので、触れ合いコーナーのあるところに出

かけては子犬などを抱っこして、とても嬉しそうにしていました。パパと3人で色々な所にお出かけをして、この何年かは幸せでした。
　将来の不安はありましたが、再発への不安も薄れ、保育園を探していたころ、再発が発覚しました。海斗は4歳1カ月になっていました。

　平成14年8月、リハビリの途中、ＰＴ（理学療法士）の先生に、前よりふらふらする気がすると伝えました。すると先生はハッとした顔をされて、「念の為に病院に行ったほうがいいかもしれない」と言われました。私はすぐ主治医に電話をしました。小児科では検査の枠が取れないので、脳外科の先生にＣＴ検査をお願いすることになりました。
　ＣＴ室は外から画像が見えるのを知っていたので、心配だった私は画像を覗き込みました。
　すると、その画像にははっきりと腫瘍が写っているのが見えました。
　前回のＭＲＩ検査ではなかったのに、2、3カ月でとても大きくなったということになります。
　頭の血がサーっと引いていくのがわかりましたが、前回の治療では放射線治療をしていなかったので、それでまた治ると自分を励ましていました。でも、またあんなにつらい治療をしなければならないのかと、海斗がかわいそうでたまりませんでした。
　8月に再発のため入院。手術、抗がん剤、放射線と治療を行いましたが、効果はありませんでした。
　平成15年5月9日に退院となるまで、10カ月の入院生活でしたが、体調が良いときの海斗は、お友達と遊べてとても楽しそうでした。治療はつらいものでしたが、海斗の楽しそうな様子を見ていて癒されました。思い出すのは、海斗は朝起きるのがとても早く、6人部屋のみんなが起きる前に起きて、「○○ちゃーん」とお友達を呼んで起こしていたことです。
　1人でベッドからベッドへは行けないので、お友達が来てくれると

とっても嬉しそうでした。朝早くに起こされて、同室のお母さんたちも眠かっただろうなと思います。でも、いやな顔ひとつせず、みんな優しいママでした。

　私が、この2回目の入院を元気に過ごせたのは、同室のママたちの支えがあったからです。

　治療の効果がなかったので、退院の話が出ました。元気なうちに家に帰って、海斗の好きな動物園に行ったりしようと考えていました。しかし、海斗の状態が悪くなり、退院することができなくなってしまいました。

ひな祭りでおだいり様に

　看護師長さんがベッドサイドに来られ、「個室に移りましょう」と私に告げました。

　「海ちゃんママ、よくがんばったね」と声をかけられ、涙が止まりませんでした。

別れのとき

　ふと気づくと、海斗が手を動かせなくなっていました。

　主治医から、「このままだとあと2、3日。呼吸器をつけると数カ月は生きられる」といった説明がありました。まだ海斗を失う覚悟ができていなかった私は、呼吸器をつけてもらう選択をしました。

　呼吸器をつけて、声が出せなくなった海斗に絵本を読んであげたり、大好きなアンパンマンのビデオを観せたり、そのCDを聞かせたりしました。

外出できなくなった海斗を励まそうと、大部屋で一緒だったお友達が、病棟の放送で「海ちゃんがんばれー」と応援してくれました。本当に嬉しかったし、海斗もとても嬉しかっただろうと思います。
　ほどなくして、海斗は、消化管穿孔になりました。呼吸器などが強いストレスを与えていたのだろうとのことで、事実、口にくわえたチューブがいやで噛んでいたのでしょう。前歯が数本、ぐらぐらになっていました。
　私が海斗を失いたくないがためにした選択が、ここまで、わが子を苦しめてしまったということに、とても後悔しました。
　消化管穿孔の治療の手術をするのかしないのか。しかし、手術中に亡くなるかもしれないし、そのままでも危険だとの説明を受けたと思います。どちらを選択しても変えようのない結果が待っていました。
　いつかそのときが来るとわかっていたのに、いざ突きつけられると、選べませんでした。
　時間だけが過ぎて行きました。
　結論を出せない私たちに、主治医が「手術しないほうがいいでしょう」と言われたので、そうすることにしました。
　それからは、早く楽にしてあげたいと考えるようになりました。
　夫は介護休暇を取り、海斗と過ごすことにしました。

　個室に入ってからの海斗の状態は、本当に見るも耐えないものでした。鼻には栄養チューブ、口には呼吸器、たくさんの薬が必要なため、シリンジポンプに輸液ポンプと、たくさんの医療機器に囲まれていました。
　海斗は、しだいに弱っていきました。
　調子のいいときは、まばたきで、こちらの問いかけに返事をしたりもしました。しかし、症状の悪化とともに、痛み止めの薬はどんどん強くなり、徐々に意識がはっきりしなくなっていきました。
　それでも、賢明に話しかけたり、アンパンマンのビデオを観せたり、

体をなでたり、なんとか少しでも、何かを与えてあげたくて、必死でした。

しかし、ついに、目を開けなくなりました。それでも、まぶたが少し動いたりして、先生も、「聴覚は最後まで残る」とおっしゃったので、必死に話しかけました。

大好きなおじいちゃんと

やがて、まぶたがきちんと閉じなくなったので、目に軟膏を塗ってあげなければなりませんでした。

ある日を境に、海斗の目から光が消えたことに気づきました。

徐々に、徐々に海斗は弱っていき、ほどなくして、顔や体に赤い出血斑のようなものが出ました。

それから数日が過ぎたとき、海斗を囲む医療機器の警告音が鳴り響きました。

何度かあったことなので、またかと思いましたが、今回は違いました。病室がとても慌ただしくなりました。

主治医が、人工蘇生、延命措置をとるか尋ねられました。私たち夫婦は迷うことなく、お断りをしました。

海斗をこれ以上苦しめたくなかったし、どんなに先延ばししても、逃れられなかったから、お別れする覚悟を決めました。

夫の3カ月の介護休暇が終わるその日、それがわかっていたかのように、海斗は息を引き取りました。平成15年5月9日のことです。

本当にがんばったね。いっぱい、いっぱい苦しかったね。ごめんね。もういいよ。ありがとう。パパとママのためにがんばったね。やっと苦しみから解放されるよ。よかったね。

色々な気持ちでいっぱいでした。お空でたくさん元気に遊んでほしいと思いました。

看護師さんが海斗をきれいにしてくれて、用意していたアンパンマンの服を着せてもらいました。

ミニチュアダックスの頭をなでなで

しばらくした後、家族3人で車に乗り、家に帰りました。悲しい悲しい、しかし、念願のドライブでした。久しぶりにわが子を胸に抱くことができました。

入院中にある看護師さんから、「海ちゃんの帰るときのお洋服を準備してあげた方がいいね」と言われました。それまでは、海斗が亡くなった後のことを考えたくない、準備したくないと思っていましたが、とても信頼していた看護師さんからの言葉だったので、素直にきくことができました。

大好きなアンパンマンの服を準備してあげられたので、よかったなと思いました。言いにくいであろうことを言ってくれた看護師さんに、感謝しています。

海斗を亡くして、夫婦だけの生活が約6年続きました。夫婦2人だけの生活は気がまぎれることもなく、ただ寂しいだけのものでした。

外出して、親子連れを見るのがとてもつらかった。現実から目を逸らし、無理して元気に明るくふるまっていました。
　私のせいで海斗の病気の発見が遅れ、つらい治療を何度も何度もさせてしまった。体が不自由になり歯がゆい思いをさせ

ひな祭りのときの海斗の作品

てしまったなど、後悔することが多すぎました。
　つぎの子を産み、自分だけ幸せを感じることは罪だと思っていました。
　それに、海斗がいるときは、海斗のことで必死で、つぎの子のことはまったく考えられませんでした。亡くなってからも、また病気になってしまったらと、また失うことになったらと思うと、怖くて怖くてとても産みたいとは思えませんでした。
　しかし、海斗が亡くなって3年ほど経ったころ、「海斗の病気がわかったときから、子どもが欲しかった」と夫から打ち明けられてから、少しずつ考えが変わるようになりました。
　つぎの子を産みたいと思えたのは、弟や友人の子どもを見て、素直に可愛いな、赤ちゃん欲しいなと思えたことでした。
　海斗をお兄ちゃんにしてあげたいと思うようになって、3年後、ようやく2人目を授かりました。
　平成21年5月15日、次男誕生。平成23年5月11日、三男誕生。5月は9日が海斗の命日なので、5月前半は、とても忙しい月になりました。
　次男が、ニコニコしながら嬉しそうに三男を抱っこする姿を見て、海斗もニコニコしながら抱っこしてくれているだろうなと思いました。そして、生きているうちに、海斗に弟を抱っこさせてあげればよかったな

と思いました。

　海斗の弟たちは、海斗のことは、写真や映像でしか知らないけれど、私や夫がいなくなっても、自分たちの誕生日が近づくたびに、海斗のことを思い、命日には海斗を偲んで欲しいと思っています。

　そのために、みんな5月生まれに海斗が仕組んだのかな？　なんて考えたりもしています。

　次男の妊娠がわかる3日前、夫は夜中、私の足元にお婆さんと子どもが立っているのを見たと言います。私はそれを聞いて、10歳になった海斗と亡くなった祖母が、一緒におめでとうを言いに来てくれたんだと思い、とても嬉しかったです。海斗がお兄ちゃんになれるのを喜んでくれているのかなとも思いました。

　今度会いにきてくれるときは、パパだけじゃなく、ママも起こしてね、海ちゃん。

サクラ

丈一郎とともに

執行美佐子

執行丈一郎
神経芽細胞腫
2007年5月28日永眠（10歳）

発　症

　平成8（1996）年子年の9月26日、午後1時40分。体重2884グラム、身長48センチの元気な男の子が生まれました。
　名前は執行丈一郎。3人兄姉の末っ子だけど、一郎とつけたいという、夫の希望で命名しました。
　女の子ですか、と言われるぐらい、かわいい子でした。でも農家の息子だけに、トラクターやコンバインが大好きで、よくお父さんの横に乗っていました。幼稚園に、農機具のカタログを持って行ったり、「大きくなったら何になりたいですか？」の質問には、ばら組のときには「コンバイン屋さん」、もも組のときは「ヤンマーのお仕事をする人」、きく組のときは「お父さんみたいな人」になりたいと書いていました。お父さんはとても喜んでいました。
　そんな年長さんの5歳の秋、スイミングがある日に、「お腹が痛い」と言うようになりました。私は、「泳ぐのが嫌いだからかな」と思いあまり気にせず、仕事中心の生活をしていました。しかしやはり気になり、市内の病院を受診しました。そこでエコーを撮ってもらっていたら、医師から「精密検査を受けるために病院を紹介しますので、すぐに行ってください」と言われました。私は何がなんだかわからず、手足が震えるのを抑え、丈一郎には「心配ないからね」と言いながら、久留米大学病院へ急いで行きました。お昼すぎだったので、病院のなかは暗く静かで、なんともいえない空気が漂っており、できることなら早く帰りたかった。しかし、検査には時間がかかり、ようやく結果が出ました。
　お腹のなかに、7センチから8センチくらいの腫瘍があるとのこと。尿中には異常はなかったが、NSE（血液の腫瘍マーカー）は10以下が正常なのに、100もあったそうです。病名は「神経芽細胞腫　悪性腫瘍」で、「小児がんです」とのこと。

目の前が真っ暗になり、気が抜けたようになりましたが、とにかくもっと詳しく検査をしなければならないので、すぐに入院手続きをしてくださいと言われ、私は涙が出る暇もなく、丈一郎には、ただただ、「大丈夫」としか言いようがありませんでした。

入院・闘病

　平成13年10月25日、入院が決まりました。

丈一郎の幼稚園入園式

　部屋は東西病棟の東5階小児科外科病棟の6人部屋でした。
　少しほっとして、初めて2人だけで同じベッドに寝ました。
　今まで仕事仕事で、子どもたちと真剣に向き合う時間がなくて、お兄ちゃん、お姉ちゃんにまかせて、丈一郎のこと、本当になにも見ていなかった……。ごめんね、ごめんね……、という気持ちがこみ上げ、涙を必死に耐え、ただ丈一郎を抱きしめてやることしかできませんでした。
　いよいよ検査が始まり、点滴のルートをとるため左手だけで不自由になっても、泣きませんでした。ＣＴ、ＭＲＩ、骨シンチグラフィ、レントゲン、胃透視、採血など、3週間ほど検査がありました。途中、絶食もあり、解除になったときは点滴台を押しながら車いすで地下食堂へ行き、エビフライ定食を食べました。「このエビ、外側がパリパリで内側はプリプリしてるね」と言って、2人で絶賛して食べていました。
　検査の結果。「ＶＭＡ正常／ＨＶＡ正常／ＮＳＥ異常／大動脈周囲リンパ節腫大／原発巣摘出後残存リンパ節転移に対し抗がん剤治療」とのことでした。

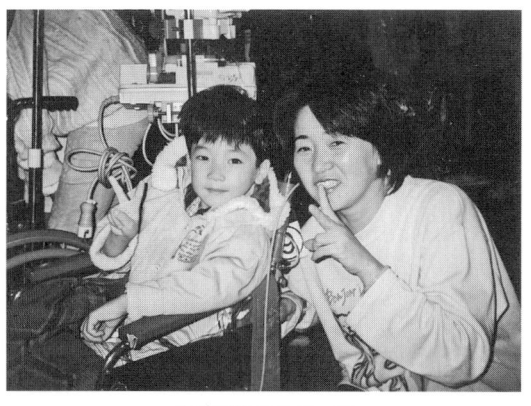

化学療法前の丈一郎

　手術日は11月21日に決まり、2日間食事はとれず、点滴のみ。当日は朝6時半からシロップの睡眠薬しか飲めず、スポイトで口に入れ、7時に着替え、8時に手術室へ。
　もう、なぜ丈一郎をこんな目に遭わせてしまったのか、悔やんでも悔やみきれず、親戚、母、夫たちの前では涙も出ませんでした。とにかく手術で悪い所がすべて摘出されますように、と祈ることしかできなかった。そして夕方の6時40分ごろ、ようやく手術が終わりました。
　とても難しい所に腫瘍があったため、95パーセントしか摘出できなかったとのこと。面会は少しだけで、「丈ちゃん、よくがんばったね」と言うと、目をあけて頷いてくれましたが、見ていられませんでした。
　ICUに入り、痛み止めの坐薬を入れてもらっても効き目がなさそうで、痛そうで、でもどうしてやることもできなくて、「ごめんね」すら言えませんでした。
　手術から3日目。骨髄は異常なしとのことで、少し安心しました。
　当時の記録が手元に残っています。

　　4日目　ベッドから下に降り、座って大便が出た。
　　5日目　おしっこのチューブがはずれた。
　　6日目　鼻のチューブがはずれた。
　　7日目　車いすでレントゲン室まで行き、トイレも普通にできるようになった。
　　8日目、お茶・ガム・飴が食べられるようになったので、売店まで車

いすで散歩した。
9日目　全抜糸でＩＣＵから511部屋へ移動。やっと一緒に寝ることができた。よくがんばってくれたね。
10日目　普通のごはん。車いすで売店へ行くのが唯一の楽しみ。
11日目　点滴台を押して歩いて売店まで行った。
15日目　手術のときにＩＶＨの点滴になったので、手が自由で風船遊びができて嬉しそうだった。外科から内科の血液グループの先生が紹介された。
16日目　内科へ移動。

　その後、少し病院内が気になり、院内学級へ見学に行ったり、点滴台に風船をたくさんつけ、早足で歩き、風船の動きを楽しみながら廊下を歩いていると、「点滴台は私物ではないので、はずしなさい」と怒られたりしたことも、懐かしく思い出されます。
　そして化学治療（抗がん剤治療）のための検査が始まりました。採血はもちろん、ＭＲＩ、骨シンチ、ＣＴ、蓄尿。
　手術から22日目の夜、治療法についての説明がありました。
　病理結果は「神経芽細胞腫ステージⅣ」。化学治療は４週に１回、５日間の投与で１年がかり。途中に放射線治療も予定しているとのことでした。話を聞いていると、涙が止まりませんでした。
　手術から26日目、いよいよ化学治療が始まりました。やるせなかった。
　尿のｐｈ、潜血検査、利尿剤、中和剤、吐き気止めなど、気が休む間もなく、「丈一郎、がんばって」と思いながら、治療は続きました。
　治療後、好中球がさがり、ランクＢに。ランクＢになると、くだものや乳酸菌入りの食べ物が食べられなくなる。食べられない物が食べたくなるもので、とてもつらかったです。それに、オレンジ色でドロドロしたファンキゾンシロップ（真菌に対する薬で口から食道〜胃〜腸の菌を殺菌し、ほとんど吸収されず便中に排泄される）というお薬は、その上

いやな匂いの薬で、とても飲めるものではありませんでした。
　でも、オレンジジュースやリンゴジュースなどにまぜて、一所懸命、泣きながら飲みました。本当につらかったです。
　ただでさえ、吐き気でとてもつらく、外でも遊べないのだから、せめて食べる物だけでも……と思っても、食べたい物を食べたいときに食べられない。
　やっとランクBを突破して、吐き気もおさまり、食事をとれるようになると、つぎの治療が始まる。そのくり返しで、だんだんランクBの期間が長くなってきて気が休まらないなか、熱が出たり、髪の毛が抜けてきたり、赤血球や血小板の輸血も回数が増えてきた。とくにランクBのときに39～40度の熱が出るのが、とてもこわかった。熱が下がらず、吐き気があり緑色の胃液が出てくるほど吐きつづけ、胃薬を入れても食べることができなかった。しかし、ファンキゾンシロップだけは、飲み続けなければならなかったので、とてもとてもつらい日々で、背中をさすってやることしかできませんでした。
　平成14年のお正月は病院で過ごしました。ほとんどの人が外泊で、病棟は静かでした。そんなとき、お父さんから、ルビー色のラジコンカーを買ってもらいました。でもすぐ動かなくなり廃車。グレーの車に交換してもらいとても喜んで、リモコンで部屋や廊下を走らせて遊んでいました。気分転換にちょうどよかったようで、本当に喜んで動かしていました。たまに気分がいいときは、ちょっとプレイルームまで行ったりして、看護師さんや先生から声をかけてもらったりしたときは、にこにこして、とても得意そうでした。
　入院直後は、病院の先生や看護師さんや病棟内、部屋の人たちとほとんど口をきかず、全然話すらできませんでしたが、このラジコンカーのおかげで交流が始まり、少しずつ話せるようになってきました。
　部屋もいろいろ替わった後、やっと507号室に入ることができました。この部屋は入院生活が長い人たちが多いのでなかなか空かず、丈一郎も

とても興味をもっていました。いつもいつも楽しそうな声が聞こえていたから、とても気になっていたのです。

みんなとても明るく、陽気で前向きな人たちでした。表面だけ明るく振る舞っていたのかもしれないけれど、本当に不安

ラジコンカーで点滴台を押しながらみんなと遊ぶ

でどうしようもないとき、笑顔でかわされる話には、とても勇気をもらいました。

丈一郎も「ジャニーズ顔だから、大きくなったらジャニーズに入るといいよ」と言われて上機嫌になり、507号の子どもたちやつき添いのお母さんたちと、少しずつ仲良くなりました。

治療しているときやお薬が飲めなかったときなどは、よく励ましてもらいました。病気は違っていても、病と闘う心は同じで、くよくよしても前には進まない。いつも「みんなの子どもたち、みんなのお母さん」という、とてもなごやかな部屋でした。

子どもたちは治療後少し気分がいいと、点滴台を押しながらプレイルームに集まり、ラジコンだけではなく、保育士さんたちといろいろ工夫をして遊んでいました。点滴をしたままなので、ハラハラしながら気をつけて見ていないと、たまに点滴が途中からもつれたり、いろいろありました。点滴がとれてロック状態（ヘパリンロック：点滴が終了しても、点滴のルートを確保するために、血管内にヘパリン加生理食塩水を注入してカテーテルを留置した状態）になったときは、大喜びで大はしゃぎして走り回っていました。

邪魔な点滴から開放された丈一郎は、いらない段ボールをもらって、

廊下で基地を作って先生や看護師さんたちを驚かせたりしました。この子たちは、「本当に病気なんだろうか」と思うくらい元気で、このまま退院できたらいいのにと思うくらいに元気でした。

平成15年3月20日、しらさぎ幼稚園の卒園式に出席しました。3日前からロック状態で元気に走りまわっていましたが、吐き気があったので吐き気止めのゾフラン注射をIVHからしてもらい、外泊はできなかったので、外出届けを出して、マスクをして行きました。涙、涙の卒園式でした。

また、4月から小学1年生になるので、院内学級に入学の手続きをしたり、「地元の小学校とも交流をしていた方が、退院したときに、スムーズにできますよ」と言われ、地元の宮前小学校に行き、校長先生、教頭先生、担任になられる大藪先生と、病気のことや治療のことなどを話し、入学式だけは出席させてもらうことにしました。

外泊はできなかったけど、外出届けを出して、マスクして宮前小学校の入学式に出席することができました。

お姉ちゃんが6年生だったので、胸に名前札をつけてもらいました。小学校では、涙ぐんでちょっと恥ずかしそうでした。入学式が終わるとまた病院へ行き、また入院生活が始まりました。平成15年7月31日から9月2日まで。治療の間に放射線治療も24回、がんばって受けました。治療後は体もとてもだるいらしく、きつそうでした。

入院してから、いろいろな人との出会いがありました。

病院の先生にしても、外科の鶴先生、内科の江口先生、稲田先生、上田先生、中川先生、大園先生、右田先生、金先生、岡田先生、籠手田先生、後藤先生、飯塚先生、板家先生、吉川先生、山田先生、宮原先生、神代先生方たちや、看護師の師長さんはじめ、富永さん、小野さん、江口さん、佐藤さん、外来の古賀さん、ほか、まだまだ多くのスタッフのみなさん。本当にお世話になりました。

病棟での行事には、七夕会、花火大会、すいか割りなどがあり、とくに七夕会では、「クルメンジャー」、や「アンパンマン」など、研修医の先生・看護師さんや学生さんたちによる出し物がとてもおもしろく、とても喜んでいました。ソフトバンク選手の慰問による交流があり、握手してもらったり、だっこや膝の上に乗せてもらったり、ドキドキしながらも喜んでいました。

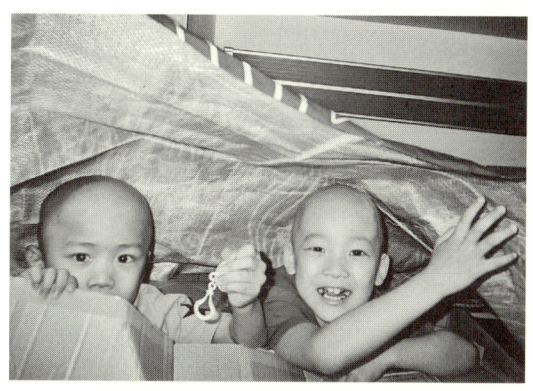

病院の廊下にて。点滴がとれたとき、段ボールで基地を作って先生や看護師さんたちを驚かせていた。丈一郎6歳のころ

　院内学級では、勉強のほかに、七宝焼きや生け花、お茶、陶芸、科学実験などの先生たちが来てくださっており、治療の合間しか行けませんでしたが、丈一郎はとても楽しみに、喜んで行っていました。とくに七宝焼きが大好きで、たくさん作りました。

　木曜会、スマイルデイズの人たちによる野球観戦では、病院からドームまでマイクロバスで連れて行ってもらい、大喜びでした。病院からのマイクロバスでは、ほかにも野外でバーベキューをしたり、バスハイクをしてみんなでゲームをしたりと、治療の合間にこんな楽しい日を過ごすことができたのは、とても幸せでした。

　木曜会は、子どもを小児がんで亡くされたお母さんたちや、その手伝いをされている方々の団体です。おかげで、夢のような1日を過ごさせていただきました。ここでもたくさんの人との出会いがありました。とても感謝しています。

　病気と闘うつらい日々の合間に、さまざまな人との出会いがあって、触れ合いがあって、みんなから「丈ちゃん、丈ちゃん」と呼ばれていま

した。丈一郎はいつの間にか病院内に詳しくなり、まるでお父さんみたいに物知りなので、「507号室のお父さん」とも呼ばれていました。病院生活も長くなると自信がついたのか、自分から話しかけるようになっていました。

入院して1年間治療をしながら、院内学級で勉強やその他いろんなことを学んでいたような気がします。とくに、平川先生や神代先生が大好きで、いろんなことを話していたようでした。

わが家は苺・米・麦農家ですので、家で苺ハウスの暖房機がこわれたときには、「ハウスのなかがまっ黒になったみたい」「油が漏れていた」とか、子どもなりに心配して、先生たちに話をしていたようでした。

あとから先生に聞いたことですが、丈一郎が「今日は何の日でしょう」と尋ねると、先生たちは、「だれかの誕生日かな」と答えるのですが、「ブー」と言って、なかなか教えてくれなかったそうです。先生たちも「わからないから教えてよ」と言うと、「今日は農機具の展示会の日」と教えてくれたそうです。

「それはわからないよって笑っていましたが、よっぽどその展示会に行きたかったんでしょうね」「小さいときから農機具に興味があって、よくお父さんと行ってましたから……」と、先生たちと会ったときには、今でもこの話が出てきます。

入院して院内学級へ行き、退院して地元の学校へ。その後1週間入院して、1カ月1回の治療が少しあった後、再び入院治療が長くなったので、また院内学級へ行き始めました。

先生が後藤先生と矢野先生に代わっていましたが、人なつこい丈一郎は、すぐ先生たちが大好きになりました。

院内学級のおまつりや七夕まつりなど、勉強以外にもやる気のある学級生活で、治療しながら、できるだけ行っていました。

また地元の学校にもがんばって行っていました。大藪先生や古賀先生、また養護の坂井先生には、本当にお世話になりました。

入院してからは、物静かで我慢強い丈一郎でした。「いやだ」とは言わず、私を困らせることは一度もありませんでした。病室に先生が来られて、いろいろ質問されても、最初は黙って話そうとしませんでした。でも、農機具のカタログをベッド

大好きなトラクターに乗って

いっぱいに拡げると、ジュニアの先生や点滴を取り替えにきた看護師さんたちに、人が変わったように一所懸命に説明して、先生たちを圧倒していました。トラクターとか、丸ハンドルコンバインとか、自慢げに、「これ、家にあるのと一緒だよ」と言って、満足そうでした。

　また、丈一郎のお兄ちゃんが高校生のとき、農業クラブの紹介や、農家の紹介としてお兄ちゃんが撮影を受け、NHKのテレビ番組で放送されました。このときはビデオに撮って、みんなに自慢していました。その撮影現場（自宅）に行くとき、治療の合間だったのでロック状態で、「撮影のため」との理由を書いて、外出届を出して行きました。撮影ビデオを観て、507号室のみんなや、先生や看護師さんたちもびっくりしていました。お兄ちゃんやお父さん、おばあちゃんや丈一郎まで、ちゃんと映っていました。自慢のお兄ちゃんとお父さんでした。

　また看護学生さんが、研修のため2週間ついてくださったときは、はじめはどうしていいのか、少し恥ずかしがっていましたが、慣れてくると手足を拭いてもらったり、洗髪してもらったり、院内学級に行って勉強を教えてもらったり、時間があるときは、ゲームなどをして遊んでもらっていました。とても気分転換になって、「今度はいつ、ついてもらえるのかな」と、楽しみにするようになりました。また、学生さんから

は「がんばれカード」とか、「できたらシールを貼ろう」とか、やる気が出てくるものを作ってもらい、さっそく実行してカードやシールを貼っていました。

　たくさんの人に触れ合えたこと、とても楽しい思い出になったことが、とてもありがたく思います。

　病院での生活と、外泊したときの家での生活と、退院したときの生活や、また入院しなければならなくなったときの状況などを振り返ると、私と丈一郎、お父さんとお兄ちゃんとお姉ちゃんとおばあちゃんで、それぞれの生活があって、お兄ちゃんは受験を乗り越え、家族の絆がいっそう深まったように感じます。

　病気がわかってから６年、その間に何回も入院して、何回も退院しましたが、長期入院後の退院の時は、病気と闘っている子どもたちや、つき添いのお母さんたち、それに看護師さんや先生たちからの「退院おめでとう」のメッセージの寄せ書きをいただき、とても励みになりました。

　治療が続くなか、まるで病気が治ったかと思えたのが、小学校２年生のときと４年生のときでした。

　定期治療を受けてはいましたが、普通の生活ができており、病気を甘くみていた時期だったのかもしれません。

　小学校４年生のとき、あるボランティア団体のご好意により、屋久島へ親子３人で行くことができました。屋久島は、テレビで観て以来、一度行ってみたいと思っていた所でした。

　海も丈一郎にとっては初めての体験でした。屋久島にとても感動して、縄文杉の所までは体力的に行くことができなかったけれど、紀元杉をみて、触れることができました。旅行中の３日間はとても天気がよく暑かったけど、すばらしい旅行を満喫させていただき、丈一郎はとても満足していました。帰りのリュックのなかには、紀元水や海水が入ったペットボトルが３本入っていました。重たかったね。帰宅してからわかったことでした。

また、丈一郎が大好きな、あるグループの歌手の2人にも会うことができました。このときは、丈一郎のために尽力してくれた方々に、本当にお世話になりました。まるで夢のような出来事がいろいろありましたが、これも病気のおかげなのでしょうか。

別れのとき

　亡くなる1年前までは、元気で夢のような日々が送れていたのが一転して、治療してもなかなか数値が下がらなくなり、一度上がり

大きな紀元杉の前で

はじめると、どんどん上がっていって、食欲がなくなり、小学5年生の平成19年5月12日、また入院しました。
　食欲がないため、体はやせっぽちになりました。急性膵炎になり、絶食と輸液だけの入院生活。痛みがひどく、坐薬や点滴、貼り薬で痛みをおさえ、放射線治療もしました。よくなったら、地下食堂のエビフライと、屋上のミートソースのスパゲッティが食べたいと言っていました。
　とにかく「がんばって」と祈るしかなく、絶食中でしたが「綿菓子なら食べてもいい」とのことだったので、綿菓子を探してきてもらいました。でも、いざ探すとなかなか見つからず、丈一郎も「早く食べたい」と駄々をこねるようになっていました。何も食べられないなか許されるのは、唯一、飴をなめることだけでした。
　だんだん意識がなくなっていくなか、「お母さん、お母さん」と呼んでくれました。私はどうしてやることもできず、無念でした。

5月27日、日曜日の夜7時から、丈一郎が大好きなテレビ番組を稲田先生と観ていました。夜、お父さんがきて、その夜5月28日、午前1時33分、ゆっくり息をひきとりました。涙がとまらなかったけど、お通夜や葬儀のことで、悲しむひまもありませんでした。平成19年5月28日、享年10（歳）でした。

　お通夜とお葬式は、「家から送り出してやろう」との思いから、自宅でしました。たくさんの方がお参りに来てくださり、申し訳ないくらいでした。お父さんの仕事関係や、丈一郎の地元の小学校の子どもたち親子や先生方、病院で一緒に病気と闘った子どもたちのお母さん方、院内学級の先生、親戚、近所の方々など、お葬式のときは外での参列で、とても大勢の方たちから見送っていただき、本当に感謝しています。

　お葬式も無事終わり、つぎは初七日。まだしなければならないことがあるので、悲しめなかったし、まだ実感がありませんでした。

　初七日が終わり、お寺のお礼参りも終わり、それでもなにかとしなければならないことが多いなか、家のなかがおかしくなってきました。

　「丈一郎が治るまでの辛抱」とはりつめていた心の糸が切れたのか、家族間で言い合いになりました。

　「子どもの病は親の病（親のせい）」などいろいろ言われ、なぜ、丈一郎が亡くなったらこんなことになるのか……と、不思議で途方に暮れていました。

　悲しみと悔しさで、涙が止まりませんでした。

　子どもたちとも言い合いになり、泣きながらこれまでのことを話し合いました。そのとき長男に、「俺たちもどれだけ辛抱してきたか。お母さんだけじゃない。丈一郎だけでもない。みんながんばってきたんだ」と言われ、「ごめんね」としか、言えませんでした。

　その後、星まつりがあることを知り、出席することにしました。この星まつりは、久留米大学病院小児内科の血液グループの先生たちや、木曜会のみなさんが主催されるもので、小児がんで亡くなった子どもたち

を供養し、子どもを亡くした親の憩いの会でもありました。毎年海の日にあります。

　この会のとき、私は毎年1年分の涙を流し、みなさんと語り合い、その後の1年分の元気をいただいています。丈一郎の人生を思うと、私の人生は丈一郎に守られているような気がして、泣くのをやめ、がんばろうと思いました。

　その後、「ひまわりの会」が毎月1回あるのを知り、入会しました。距離的に遠いこともあり、なかなか参加できませんが、「ひまわりの会」で出会った人たちは、久留米大学病院に入院していた子どもたちのお母さん方なので、顔見知りでなんでも話せて、同じ、子どもを亡くした親として、いろいろアドバイスをもらっています。また、スタッフとしてお世話してくださっている岩崎先生、藤丸先生、納富先生方には、本当に感謝しています。

　丈一郎がいなくなった今、私は33歳の厄年で丈一郎を産んだから、私の厄を丈一郎が代わってくれたのではないだろうか……とか、妊娠中、気づかずに身体を冷やしてしまったのだろうかとか、忙しい私と一緒にいられる時間を丈一郎がくれたのではないだろうかとか、ふと、思うときがあります。

　また、5月28日が丈一郎の命日ですが、後日、命日が同じご先祖様がいたことがわかりました。これも偶然なのだろうか……など、さまざまな思いが胸をよぎります。

　病院の先生や看護師さん、院内学級の先生、保育士さん、看護学校の先生や学生さん、そのほかたくさんの方々に本当にお世話になり、感謝しています。本当につらい治療だったのですが、ときには先生と楽しく遊んでもらったり、小児科はとても忙しいのに、よくしていただきました。看護師さんたちから撮ってもらったたくさんの写真が今では宝物です。また、地元の小学校の友達が、命日近くになると毎年お参りに来て

くれるのも、本当にありがたいことだと思っています。

　いろんな人とのご縁や経験を大切にし、丈一郎ががんばったことを、生涯、語り続けていかなければならないと思っています。

　わが家は苺農家ですが、丈一郎の命日である5月28日ごろは苺は終わっています。収穫の最後の日は、ご縁のあった人たちに、「苺狩りはどうですか」と言って、苺ハウスを開放しています。

　お祭りが大好きで、光る物も大好きで、お世話好きで、人なつっこい丈一郎。毎年、いろんな人が苺狩りに来て下さるように、丈一郎はこの時期に旅立ったのかな、と思い、いつかこの畑で「丈ちゃん祭り」なんて、できたらいいなと思っています。

　丈一郎のお陰で、いろんな人との触れ合い、できごと、いろんな経験をさせてもらい、いろいろ学ばせてもらったような気がします。

　丈ちゃん、ありがとう。これからも見守っていてね。

　いつも丈一郎が見守ってくれているようで、いつも話しかけています。

　おかしいでしょうか。でも、ときどき「えっ」と思うようなこともあるので、話は通じているんだなあ、と思うことがあります。

　家族みんなで仲良くやって、これからも、困ったときや嫌なときは、丈一郎に話をしていこうと思います。なにか答えが出てきそうで。

　この本に丈一郎のことを書くことができたのも、「ひまわりの会」の方々のお蔭です。丈一郎の生きた証として、丈一郎の軌跡を書かせていただいたことに、心から感謝申し上げます。

あかりは今も家族のそばに

小嶋久美

小嶋明聖
急性リンパ性白血病
2003年1月28日永眠（5歳）

発 症

　平成15（2003）年1月28日、長女明聖（あかり）、4歳11カ月で永眠。
　あれから8年が経ちました。あの世でどんな女の子に成長したかしら？　そんなことを思いながら、いまだに「発症の様子は？」と聞かれても返答に困ってしまいます。なぜなら診断直前まで、愛する娘が難病に冒されていることに何も気づかなかったからです。
　平成14年4月。2つ上の兄がピカピカのランドセルを背負い入学。あかりはお兄ちゃんの登校を羨ましく見送り、2年後に自分が赤いランドセルを背負うのを楽しみにしていました。それはちょうど、次男が産まれて7カ月が経とうとするころでもありました。私たちは3人の子どもに恵まれて、毎日楽しく暮らしていました。未熟な夫婦でしたが、子どもたちからエネルギーをもらい、一所懸命でした。
　そんな毎日をあたりまえに感じながら、いつものように3人をお風呂に入れようと服を脱がせたとき、あかりの脇の下に、子どもの拳くらいの内出血のアザを見つけました。ほかにも小さいアザがありましたが、あまりの大きさに驚き慌ててしまいました。
　ひとりでは落ち着かず、近所の遊び友達のお母さんに相談に行きました。遊んでいてぶつけた記憶はありません。あかりに尋ねても、あかりは痛みも感じず、友達のママとなぜだろう？　と不思議がっていました。帰宅した夫に相談して、お風呂は入らず寝ました。翌日整形外科を受診すると、小児科で診てもらうように勧められ、そのままかかりつけの小児科に行きました。その日は土曜日で診察まで随分待ちました。私はあかりと弟をあやしながら、診察が終わると自宅に帰れると思っていました。
　あかりの身体を診た医師は、冗談を交えて虐待されたかのように話しながら、指示を出しました。一晩でアザが増えたような気もしました。

看護師さんがあかりの全身をカメラで撮り、血液検査の結果が出ると、医師が慌てた顔になりました。
「紹介状を書きますから、すぐに久留米大学に行ってください。詳しいことは、そちらで聞いてください」

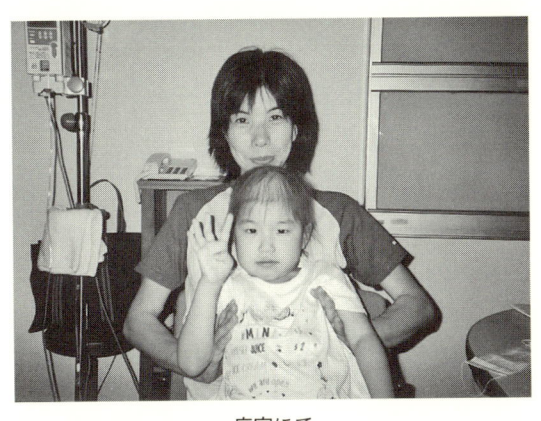

病室にて

それ以上の言葉はありませんでした。

すぐに、仕事が休みで自宅にいた夫へ震えながら電話をしました。遊んでいた兄は近所の友達ママへお願いして、弟を抱き、あかりに寄り添い夫の運転で久留米大学に行きました。

時間外受付で小児科病棟へ行くように説明を受け、病棟に行きました。連絡が来ていたのでしょうか。当直の医師が待っていました。あかりは泣きながら看護師さんと処置室へ行きました。私たち夫婦は待合室で待つように案内され、しばらくして当直の医師から「急性リンパ性白血病です。このまま入院してもらいます」と説明されました。

頭のなかが真っ白になり、言葉がでません。落ち着いて両親に電話をかけると、すぐに駆けつけてくれました。どうすればいいのだろう？悩みました。

あかりが、なぜ、長期入院。信じたくない思いのなかで、幼い娘の入院治療は、母親のつきそいが必要と説明を受けました。まず兄弟をどうするか考えました。夫は仕事が多忙なので世話ができず、つらい決断でしたが、弟は私の両親に預け、お兄ちゃんは夫の母にしばらく同居をお願いしました。両親が健在で引き受けてくれたことに感謝しました。

あかりは、突然6人部屋の知らない病室ベッドに寝かされ、自宅に帰

63

れず悲しく怖かったのでしょう。しばらく泣きわめいていました。病気の説明をすると、嫌がりながらも少し理解したようでした。2人で号泣しました。

入院・闘病

その後は過酷な検査になりました。骨髄穿刺。毎日血液検査治療のための中心静脈カテーテル処置など、激痛と恐怖の日々でした。化学療法が始まると、抗がん剤が身体に入り苦しむ娘の隣りで、なにもできない自分に苛立ちました。

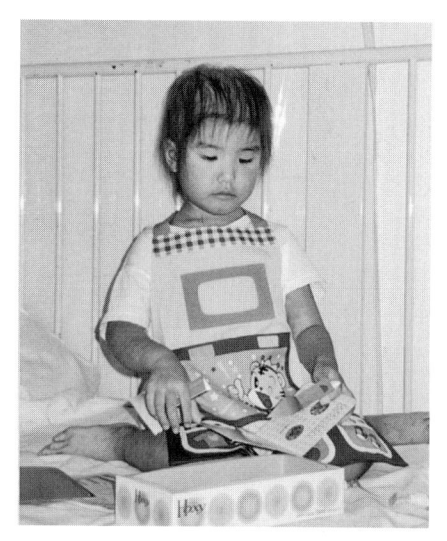

ベッドの上で1人で遊ぶあかり

貧血、血小板減少症、感染……、次々と気が休まる暇もなく、病魔は娘を苦しめます。夫も仕事が終わると、毎日の深夜、数時間交代してくれました。親子で一つのベッドに寝ることにも慣れず、疲労も増していました。状態が悪くなり抵抗力もなく、個室へ移ることになりました。個室は周りを気にせずに夫と深夜交代ができ、電話もあり家族と会話ができることで安心できました。

でも、治療であかりの髪がゴッソリ抜けるショックと恐怖が襲いました。好きな納豆と卵かけご飯は食べてはならず、ベッド上で自由に動けないストレスに、怒鳴りいらつきました。そんな娘に主治医は、がんばっているご褒美にプーさんのパズルをプレゼントしてくれました。主治医は優しく「あとで髪の毛は生えてくるから、大丈夫！」と励ましてくださり、一緒にパズルで遊んでくれました。看護師さんも時間を作って遊び相手してくださり、主治医と看護師さんにずいぶん慣れてきました。

おかげで気分が良いときには、自分から遊び相手をお願いして気分転換できるようになりました。食事も許可が出た食べたいものを口に入れ、少しずつ食べるようになりました。状態がよくなり6人部屋に移ることになったときには、ホッとしました。

保育ボランティアのお姉さんと

　そのころ、小児科病棟のプレイルームで、毎週月・水・金曜日の午後1時から3時間、ボランティアの保育士さんが3人以上つきそい、子どもの病状をみながら一緒に折り紙などで遊んでくれていました。その時間になると、点滴台をひとりで動かして、お絵かきや絵本の読み聞かせを楽しんでいました。赤ちゃんには自分でお話を読んでご満悦でした。私も癒され、安心してシャワーを浴びたりしました。

　保育士さんは、抗がん剤の副作用で体調が悪くベッド上で休んでいても、顔を見せて声をかけてくれました。

　いつの間にか病棟生活に慣れて、売店で買い物を楽しみ、隣の病室に行き、遊び友達もたくさんできました。あるときは、看護師さんがする夜の消灯アナウンスを、長期入院の子どもたちにさせてくれたりもしました。

　食欲がなくなっても自由に動き、院内食堂のうどんと坦々麺は食べるときがありました。抗がん剤で味覚が侵され、塩辛いものと味の濃いものをおいしく感じていたのでしょう。たまに友達家族と一緒に食べることは、楽しみのひとつになっていました。

　治療は順調に進んでいました。夏には外泊許可がもらえるほどになり

ました。帽子を被れば病気のことを忘れそうなぐらい元気です。

　3カ月以上経って、気が緩んだころでした。家族も限界だったのでしょう。治療いつまで続くかわからず、私のはっきりしない返答に、夫の母と

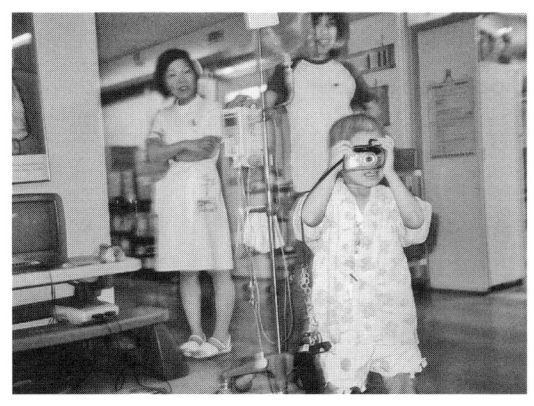

元気に遊びまわるあかり

意見がぶつかり気まずくなったこともありました。義母も、見知らぬ街での生活は負担が大きかったようなので、夏休みの間は、兄も弟と一緒に私の実家に預けることにしました。実家は近所に兄夫婦も住んでいたので大人の目が多く、兄も弟と一緒で安心して、よく面倒をみていたそうです。
　親に甘えられず、お兄ちゃんはよく我慢してくれました。そのせいか、お兄ちゃんはワガママを言わずに諦めることが多く、それがかわいそうで、つい物を買い与えてお互いの気持ちを楽にしていました。そんなことも入院の間だけと割り切りながらの思いでした。

　つぎの治療の説明は、「再発」の言葉でした。あかりの難病が治ることを願いやってきていたことが、また振り出しに戻ってしまいました。
　11月26日、骨髄移植のためのＨＬＡ検査をしました。家族は一致せず、ドナーを探しながら再度抗がん剤治療をすることになりました。副作用も今まで以上の苦しみに耐えなければならず、治療の前に外出許可をもらいました。私たち家族のつかの間の幸せでした。
　あかりはちゃんと退院できるのだろうか？　大きな不安を抱えたまま、治療が始まりました。副作用は、たちまちあかりを襲いました。吐き気、

口内炎、全身が痛みに襲われて苦しみました。

そんな大事なときに、母親の私がインフルエンザにかかってしまいました。楽しみにしていたクリスマス目前、感染しないようにあかりは病室を移り、友達とも会えず淋しいクリスマスになりました。

弟・鷹巳のお誕生会。優しいお兄ちゃんの勇次と、おばあちゃんと一緒にケーキを囲んで

私の妹につき添いを頼み、私はわが身を責めました。1週間後、私がつき添いに戻ったときは状態が悪化しており、個室で24時間モニターによる状態観察になっていました。あかりは厳しい表情で笑顔がなくなり、お腹が膨れ眠れない状態でした。

平成15年。年が明けても変わらぬ状態で、現状の問題を取り除く対応で精一杯でした。主治医も24時間、何日も経過を診たうえで、私の身を案じて下さり、つきそいを少し休み、集中治療室であかりを看護師に任せる選択をもらいました。悩みに悩み、嫌がるあかりをひとりにして、看護師さんにお願いしました。あかりは強い子だから乗り越えてくれると信じ、娘の気持ちより自分の身を守る形になりました。時間がある限り毎日面会に行き、そばにいる時間を大事にしました。あかりは意識朦朧でした。毎日看護師さんが様子を話してくれて、少し安心しては、明日も会えるようにと願いました。

「もうすぐあかりの5歳の誕生日だよ。プレゼント何がいいかな？」

楽しい話をしてたくさん褒めて、あかりの笑い顔が来る日を待ちました。

別れのとき

　1月28日。この日、夫は休みで、疲労回復のため寝ていました。兄を学校に送り出して、友達のママと一緒に面会に行きました。仲良し友達ママの姿に、つらそうな表情も少し喜んでいたように見えました。
　「あとでまた、お父さんとお兄ちゃんと一緒に来るからね」と声をかけました。今日もあかりは大丈夫。乗り越えてくれると祈り、帰宅しました。家事をしながら長男の帰宅を待っているときに電話が鳴りました。病院からでした。
　「あかりちゃんが急変です。すぐに……」
　3人で病院へ急ぎました。
　集中治療室に入ると、医師があかりの心臓マッサージをしていました。そばで何度も叫びましたが、反応がありません。あかりの死亡を伝えられ、何がなんだかわからず、自分の行動を覚えていません。
　師長さんが横に来て「お母さん、あかりちゃんを抱いてあげてください」という言葉で、あかりを強く抱きしめました。
　「あかりごめんね、ひとりでがんばったね。ごめんね……」
　まだ信じられず、あかりが目を開けそうで話しかけました。あかりはあたたかく、綺麗な寝顔でした。
　処置が終わり霊安室で手続きを待ちました。夕方でもあり、たくさんの医師と看護師さんがお別れにみえて、励ましてくださいました。
　書類を受け取り外に出ると、雪が降っていました。私があかりを抱きかかえて、夫と長男と3人で自宅に帰りました。雪はぽたぽたと降り、帰り着くころにはうっすらと積もっていました。
　私は入院当初、あかりに「お医者さんの言うことを聞いて治療をがんばれば、雪が降る冬にはお家に帰れるよ」と話したことを思い出しました。

こんなはずではなかった。

治療が成功して元気に退院するぞ！　と、強い気持ちでがんばっていたのに。

あかりは病院にひとりでいることを嫌がった。そんな幼いあかりをひとりにした罰ではないかと娘に謝り続けながら、懐かしい自宅の布団にやすませて一緒に寝ました。

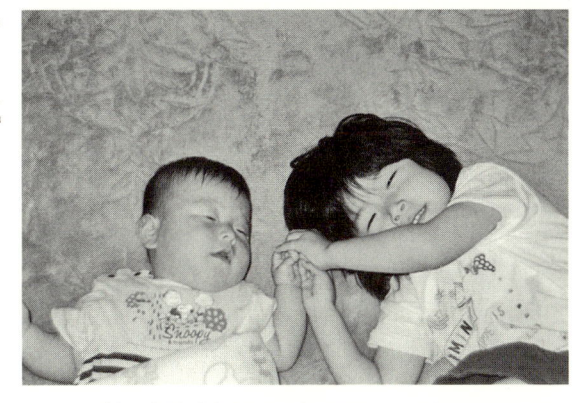

弟・鷹巳が生まれたばかりのころのあかり

大雪のなかの通夜、葬儀とあかりの訃報を聞いて、遠方からたくさんお別れに来てくださいました。ご近所の方や、長男の幼稚園のときのお母さんたちもお参りに来て、心のこもった優しい言葉をいただき、人のあたたかさに支えられながら時を過ごしました。

あかりは4年11カ月の短い命でしたが、誰にも負けず立派でした。あかりのおかげで、一日一日が大切だということを身を以て経験できました。これからあかりに恥じない生き方をしていこうと心に誓いました。

しかし、姿をみることができない悲しみは日増しに膨らみ、やり切れない思いで供養していました。ご住職のお説経を聞いて気持ちが落ち着いた日もありました。

でも、あかりの最後の思いを聞いてあげたかった。

後悔することは常にあり、頭に浮かび苦しくつらい日々でした。まだ気持ちの整理がつかず、納骨もできませんでした。何をするにも気力がなく、人に会うことは気が引けて、会わないような生活をしていました。

そんな私のそばで、幼い次男はいつも無邪気に遊び、見様見真似で合

掌していました。お寺に行くときも夫の母が付き添い指導してもらいました。長男も毎日学校であったことを話してくれました。

そしてある日、陰気にしていた私に夫はガツンとひとこと、言いました。

「おまえは俺以上にあかりの思い出がたくさんあるだろう」

自分だけ勝手に、不幸で置き去りにされた思いになっていた。

家族の思いに気づかされて反省しました。夫は私を気遣いながら、ひとりで苦しんでいたのだと気づきました。子どもたちのそばに一緒にいたくても、とにかく家族のためにがむしゃらに働き、娘が元気になることを強く願っていたこと。思いは同じ、いいえ私以上だと、そう実感できました。このころ夫は仕事にやる気をなくし、辞めたいと上司にも相談したようでした。

家族がバラバラになるような気がしました。

これ以上何も失いたくないと思いました。病院での写真が少なく、残しておけば良かったと夫に負い目を感じましたが、手遅れでした。

それから毎晩、夫婦であかりの話をして眠りにつくようになりました。やがて少し落ち着き、納骨することにしました。以前、大分に旅行に行ったときに、1年間365日の日付が配されたくまのマスコットが売っており、そのときに、家族5人分の誕生日のマスコットを買っていたので、あかりが淋しくないように、一緒に入れておきました。

傷を癒し合い、気持ちを話せるようになってきていたので、気持ちを整理して前に進むためにも、引っ越しを考え始めました。それでも思い出の場所のそばにいたくて、隣町に引っ越しました。あかりが近くでしっかり見守っていると感じ、毎日合掌して過ごしました。

書類上は4人家族でも、私たちは5人の生活でした。姿がなくてもあかりは陰膳に座っています。

家族の絆は強くなりました。

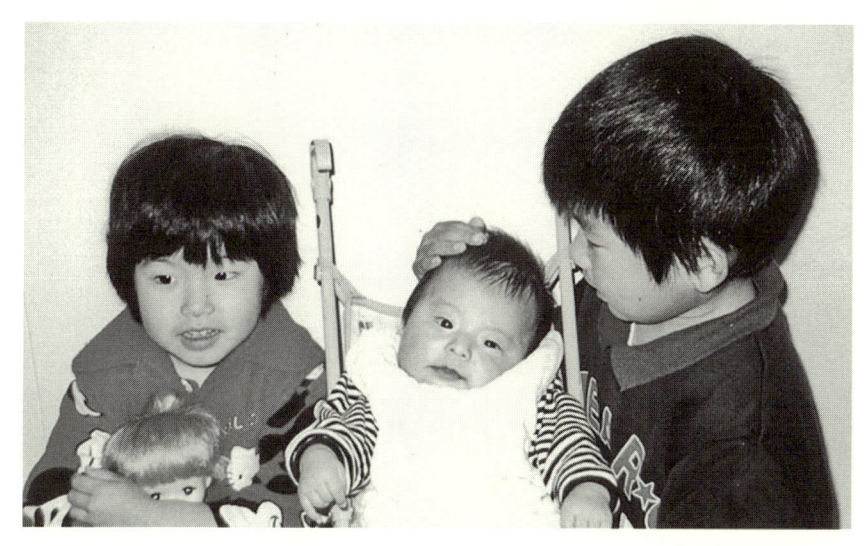

お兄ちゃんと弟と、仲良しの3人

　ときが経ち、思いがけずお世話になった医師より手紙と絵本が届きました。星まつりの案内でした。闘病で幼い命を亡くした子どもたちのご供養とのことでした。参加してみると、闘病をともに過ごした子どものお母さんたちとの再会ができました。そこで「ひまわりの会」の話を耳にしました。人との会話が苦手な私は、顔見知り程度の間柄で参加することに戸惑いがありましたが、あかりの導きと感じて足を運ぶと、同じ思いのお母さんとの新しい出会いがありました。

　毎月第3月曜日に集まり、直接思いを話せることで気持ちが救われました。初めは相手の子どもさんのことがわからず気が引けましたが、回を重ねながら、あかりに会える感覚でした。その場に行くと「あかりちゃんママ」と呼んでもらえることがとても心地よく、家族とは違う思い出話や、あかりの写真を飾るための写真立て作りなど、新たにあかりのものが増える喜びもありました。

　同じ経験やその兄弟をもつ悩みの相談もできました。子どもたちが天国で過ごしている姿を想像して話しても、みんなうなずき共感してくれ

るのは嬉しいことです。嬉しい涙と笑顔が自然にこぼれ、ひまわりのように大きく咲き、天国で子どもたちが笑って待っていてくれている気分になりました。

　平成21年、妹が産まれて、あかりと重なる仕草を見つけては喜んでいます。あかりのアルバムをみてほほ笑む妹。あかりより成長して少年野球のレギュラーを狙う弟。高校入学という思春期を迎え、親とぶつかっても優しい兄。いつまでも兄弟であかりのことを忘れずに、妹に伝えてほしいと願います。

　命は亡くなっても魂は生きている。この言葉の意味が身体と心で実感できます。
　今でもあかりは家族のそばにいます。
　明るく笑顔になれたことがその証(あかし)だと、そんな気持ちにもなりました。
　消極的な私にいろいろな出会いがあることが、私のなかでのあかりの存在そのものです。
　この出会いはあかりからのプレゼント。
　消えることがないように、大切に生きていこうと改めて誓いました。
　「親より先に死んだ子は親不幸」とか「ばちあたり」という言葉を耳にしますが、私はそうは思いません。
　この世に生をうけた意味があり、それをまっとうした生き方を終えて旅立ったと思いたい。
　あかりからもらったすべてに感謝です。
　ありがとう。
　また会えるそのときまで。

光ちゃん、会いたいな

安田美津代

安田光一
神経芽細胞腫
2004年7月21日永眠（5歳）

発症

　安田家の長男として、光一は平成11（1999）年９月14日に生まれました。お姉ちゃんの美穂とは４歳違いの姉弟でした。お姉ちゃんの名前は中山美穂のファンだった夫が「美穂」とつけました。今度は男の子だったので、KinKi Kids のファンだった私とお姉ちゃんとで、堂本光一の「光一」とつけました。

　私たちはいたって普通の生活を送っていましたが、生後半年後の「神経芽細胞腫」のマススクリーニング（新生児における先天性代謝異常などの疾患を早期に発見するための検査のこと。当時は集団検診だったが、現在は行われていない）で、再検査の知らせのハガキが届きました。八女の保健所で再検査をしたところ、やはり疑いがあるとのことで、光一が７カ月目に入った平成12年４月に入院しました。

入院・闘病

　さまざまな検査の結果、「神経芽細胞腫／ステージⅠ」予後良好。
　先生方の説明は、「とても軽い方で、右の副腎が原発ですが、腫瘍が袋に包まれていて、タチの良いがんですね。手術で取り除いたら大丈夫ですよ。５年経過観察で大丈夫でしょう……」というもので、笑顔で話されていました。
　とはいえ、まだ１歳にもなっていない幼いわが子が、がんの手術を受けるなんて……。いったいなにが起こっているのかよくわからないまま、それでも、先生の言葉を信じるしかありません。
　生後８カ月で手術をし、無事成功。そして抗がん剤の投与もないままに退院。あとは外来で腫瘍マーカーの検査を２週間おきにするくらいでした。私はすっかり安心し、もうこれで完治していたつもりでした。

しかし、なんと退院して2カ月後に、反対の左の副腎に再発したのです。ちょうどそのとき風邪をひいて高熱が続いていたので、すぐに治療には入れませんでした。そして今度は、腫瘍を抗がん剤で小さくしてから、手術で取り除くことになりました。

　1回目の抗がん剤の治療が始まったのは、ちょうど光一の1歳のお誕生日の日でした。

　普通なら1歳の誕生日を皆でお祝いできるはずなのに……。母子寂しく病院のベッドで迎えました。何回抗がん剤の治療をしたでしょうか……。

2歳のころの光一

　2回目の手術の時は、光一は1歳8カ月になっていました。一番可愛いときですが、ハイハイやつたい歩きをしたり、初めて歩いたのも病院だったなんて、悲しいものです。

　2回目の手術では、すべての腫瘍を取ることはできませんでした。その後は調子がいい時は外泊して自宅に帰りながら治療を続けて、3回目の手術は2歳8カ月のときでした。

　3回目は、前回の左に残っていた腫瘍を取る予定でしたが、奥の方にあったということに加え、足の神経を痛めてしまい、歩けなくなる可能性もあるとのことで、全部を切除することはできませんでした。

　その後はまた抗がん剤の治療です。でも、3回も手術をして抗がん剤の治療をしてきたので、もう、光一の体は悲鳴をあげていました。

　普通ならできる「放射線治療」もできず、あとは「造血幹細胞移植」をするしか方法はありませんでした。それも自分の幹細胞は使えないの

応援にきてくれたマクドナルドのドナルドと

で、家族からの提供を受けなければなりません。すると、1人しかいないお姉ちゃんの型が光一とぴったり合ったのです。1人しかいないきょうだいがぴったり合うことはとても珍しいようです。これでわずかな希望が見えました。

お姉ちゃんは2泊3日の入院で「幹細胞」を採取し、光一は今までで一番強い抗がん剤でがん細胞を叩いて、お姉ちゃんの「幹細胞」を移植したのでした。平成15年の夏休みのことです。

移植は成功したはずでした……。しかし、また再発したのです。

私たちは、また治療をすれば、光一は元気になれると思っていました。しかし、先生からこう言われました。

「もう、すべての治療をしました。あとは対処療法しかありません」

私は、「治療することができない」ということを理解することができませんでした。元気に笑い、遊んでいる光一がこれからどうなるのか、不安でいっぱいでした。なかなか点滴がはずれず、自宅に帰ることもできませんでした。お薬を飲めるようになったら、退院できるはずでした。

早く家に帰りたい……。

光一が生まれてから4年が経ち、いったいどれくらいを自宅で過ごせたでしょうか。病院での生活の方が長くなっていました。お正月には帰りたかったのですが、まだお薬が飲めず、病院のそばの「すこやかハウス」で親子4人で新年を迎えることになりました。平成16年の年が明けて、2月にやっとお薬が飲めるようになったので、点滴を外すことがで

き、退院することができました。そして、これからのお話を先生から聞きました。
　「すべての治療は終わりましたので、これからは思い出を作ってあげてください」
　私たち夫婦は、これから光一がどうなっていくのか聞きたかったのですが、どうしてもそれは聞けませんでした。退院してからも2週間に1度の通院で様子を見ていました。

別れのとき

　その間、桜の季節はお花見に行ったり、百年公園で遊んだり、5月の連休は阿蘇の「くま牧場」にも行きました。みんなでの写真が残っています。あとは大好きだった家の近くの「ゆめタウン」でガシャポンをしたり、いろんな思い出ができました。しかし、そんななかでも病状は悪化するばかりで、2週間に1度の通院が1週間ごとになり、最後の方は毎日通院して、輸血をしていました。もうこの頃からむくみや口内炎が出始めており、全身に転移してるので痛みが出ていました。
　もう、私たちではどうすることもできませんでした。最後の入院はちょうど七夕の7月7日でした。
　痙攣をおこしたのです。
　頭にも転移していましたので、このまま意識が戻らなかったら、気管内挿管する予定でしたが、翌朝には意識が戻ったので、挿管せずに済みました。入院中は妹と交替で見ていました。
　その間もお薬を飲めば家に帰れると思っていたのでしょうか。光一はお薬だけは飲んでいました。
　皮膚から出血したり、痛みのためにうなったり、奇声をあげたりする日もありました。きっと痛くてしょうがなかったのでしょう。でも私はどうしてあげることもできませんでした。

頭に転移していたからでしょうか、言葉も出なくなり、赤ちゃんみたいに、何でも口に入れたりしていました。
　あの可愛かった光一はどこにいったのでしょう……。
　やりきれない思いでした。
　高熱が続き、入院からちょうど２週間経とうとした21日の深夜、急にサチュレーション（血中の酸素濃度）が下がり始め、危篤状態になりました。急いで家族に連絡すると、先生方から「挿管しますか？」と訊かれました。
　「光一は楽になるのですか？」
　「光ちゃんはきつくなります」
　この一言で、もうきついことは止めようと思い、「やめてください」とお願いしました。
　家族が到着して、みんなで抱っこして、平成16年７月21日午前７時、永眠しました。

　お葬式にはたくさんのお友達が駆けつけてくれました。
　でも葬儀が終わり、夫も仕事に出かけ、お姉ちゃんも学校に行くと、家にいるのは私１人でした。
　なぜか朝が来るのがいやでした。明るくなると現実に戻り、光一がいないという現実から逃げられないからだったと思います。
　家でひとり、「光一」「光一」「光ちゃん」と、いないはずの光一を家中探し回っていました。
　光一のおもちゃを袋に入れて、見えないところに隠したりもしました。夫は朝起きると仏壇に手をあわせて、泣いていました。悲しくて悲しくて、どうしようもありませんでした。光一のそばに行こうかとも考えました。
　でもある日、そんな私を見ていたお姉ちゃんが言いました。
　「お母さん、そんなに泣きよっと光ちゃんが心配するよ」

ちょうどお盆も過ぎた9月くらいのことです。それまで毎日泣いていた私は、美穂の言葉に我に返り、美穂もいるんだから、しっかりしないと光一が悲しむかもしれないと思い始めました。でも、同じ年頃の男の子を見るとどうしても思い出してしまい、子どもの声には耳を塞ぎたくなり、姿を見たくありませんでした。

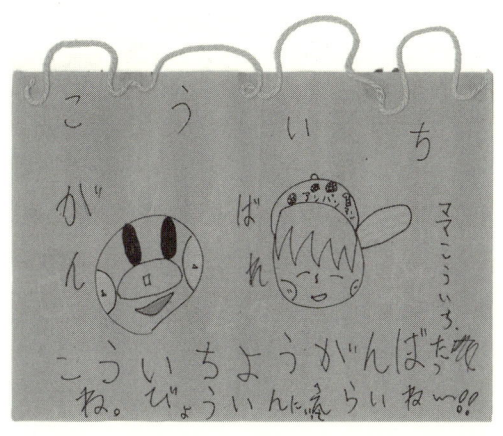

お姉ちゃんの美穂がいつも書いていた光一への手紙

　お姉ちゃんの美穂は、光一が入院したときはまだ4歳でした。保育園に通っていたので、私が送り出したりしていましたが、光一が入院してからは、美穂の身の周りの世話はすべてお父さんと義母にしてもらっていました。
　たまに私が家に帰ってきて保育園に私が送っていくと、いつまでも「お母さん〜。お母さん〜」と、一日中泣いていたそうです。
　母親がいない生活は寂しいものだったと思います。
　卒園式、入学式のときは、ちょうど光一の調子が良かった時期だったので、光一を抱っこして出席することができました。私が病院にいる間、夫は学校行事にも出席してくれていたようです。
　美穂は光一が退院して嬉しかったようです。まさか、もう治療はできなくて、このままどうなるかわからないとは思っていなかったでしょう。光一もお姉ちゃんが大好きでしたから、朝、学校に美穂が行くときはランドセルを玄関までもって行ってあげたりしていました。
　美穂も光一を可愛がっていたので、自分が学校に行くときに「今日の病院がんばっていってきてね」と、いつも置手紙を書いていました。光

大好きだったおじいちゃんと、姉の美穂と一緒に

一も美穂の言うことをよく聞いて、美穂がいない昼間は、美穂の机で遊んだりしていました。なんということもない、普通の生活でしたが、仲良しの2人にはとても貴重な時間となりました。

　そのお姉ちゃんも、今春には高校生になりました。ある日学校の話をしていると、「美穂はきょうだいいると?」と聞かれて「一人っ子と答えてしまった」と、寂しそうに私に言いました。「本当は1人じゃないけど、光一のことを話せなかった」と。光一のことはどれだけでも友達に話せると言います。きっとそのときは話せない雰囲気だったのでしょう。美穂には色々と考えさせてしまって、可哀想だなと思うときがあります。

　「光一ともっと遊んであげれば良かった」「なんで友達と遊んで、光一と遊んであげなかったんだろう」と、美穂は自分を責めているときがあります。でも、彼女には光一の命の長さを知らせていなかったのですから、仕方がないのに……。

　美穂は、高校生になった今でも「光一のことは友達にもたくさん話したい。とても可愛い弟がいたことを」そして「光ちゃんみたいな男の子を産みたい」と、まだまだ先のことを言います。

　昨年の7月に7回忌を済ませました。

　月日だけは流れていき、でも光一はあの日のまま私たちの心のなかに生きています。今でも毎日光一のことを思わない日はありません。私がもっと元気な子に生んであげていればよかったと、悔やんでもしょうがないと思いながら、それでもそう考えてしまいます。

夫は今でも呑んで帰ると、仏壇の鐘を鳴らし、泣いています。
　でも、また光一に会う日のために、泣いてばかりはいられません。
　また会える日のために、がんばろうと思う毎日です。

　絵を描くのが大好きだった光一は、たくさんの絵を

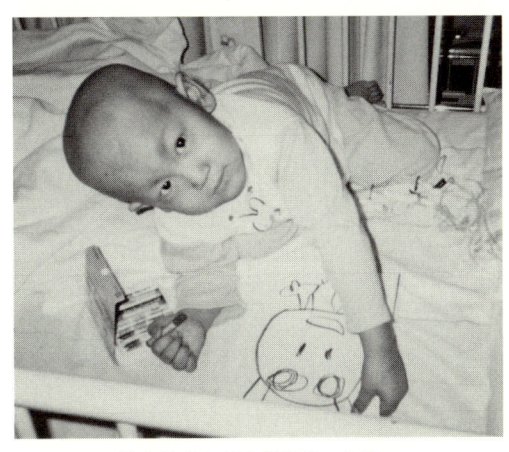

絵を描くのが大好きだった光一

遺していきました。そのなかで昨年、久留米大学病院小児科のボランティア組織が開催する「Kurume Children's Art」の第一回目作品を出す機会を、病棟保育士の和泉さんからいただきました。すると、光一の「クリームぱんだちゃん」の絵が選ばれて、「メモ用紙」として販売されることになりました。
　光一の絵がいつまでも生かされたことに感謝します。

　最後に、光ちゃんへ。
　光ちゃんには、「ありがとう」という言葉を星の数ほど言っても言い足りません。お母さんのお腹にできた新しい命がとても嬉しくて、何度も「ありがとう」と語りかけました。光ちゃんに会うのをとても楽しみにしていました。
　お母さんの子どもに生まれてきてくれて、ありがとう。
　ちょっぴり甘えん坊で、いつもひまわりみたいな笑顔で、前向きに病気にも向かっていた光ちゃんが、大好きでした。
　元気でいたら、今ごろは小学５年生。どんな男の子だろうか。そして、どんな中学生に、どんな高校生になっただろうか。

会ってみたいです。
光ちゃんに会いたいな。

　天国の光ちゃんへ　　　　　　　　　　　　　　安田美穂
　今、何をして遊んでいるのかな？
　じいちゃん、ばあちゃんと遊んでいるのかな？　それともお友達？
　犬のイチやムクはそばにいるの？
　光ちゃん、元気している？　天国からいつも見ていてくれてる？
　お姉ちゃんは時々、光ちゃんに会いたくなるときがあるよ。そんなときは、光ちゃんの写真を見て色々思い出しているよ。
　光ちゃんのこと、大好きだよ。可愛くて可愛くてしかたがないよ。
　光ちゃんが亡くなった今でも、自慢の弟だと思っているし、光ちゃんが私の弟でよかったと思ってるよ。
　たまには幽霊でもいいから、会いたいな。光ちゃんのニコッて笑った顔が見たいよ。また「みほ姉ちゃん」って
呼んで欲しいな。
　いつも天国から見てくれているよね。
　光ちゃん、これからも天国でがんばるんだよ。
　私は光ちゃんの分まで頑張るからね、天国から見守っててね。

　　誰よりも光ちゃんを好きな
　　　　お姉ちゃんより

「Kurume Children's Art」に選ばれた光一の
「クリームぱんだちゃん」の絵は、メモ用紙になって販売された。
「Kurume Children's Art」とは、久留米大学病院に勤務し、小児科の治療に携わっている医師を中心としたボランティア組織で、久留米大学病院で治療を受けている子どもたちが描いた絵画をオリジナル商品化し、その販売収益を病気の子どもたちへの支援資金としている。

藍の笑顔に守られて

諫山篤子

諫山藍
肺動脈弁閉鎖症・ダウン症候群
2003年8月14日永眠（3歳）

オタクサ

発症

娘の藍は、平成12 (2000) 年5月31日にこの世に生を受けました。藍には、2人の姉がおり、同じ産婦人科で出産をしました。

出産後、いつもだったらすぐに赤ちゃんの顔を見せてくれるのですが、藍は低体温だったので保育器入れられてしまい、とても不安になりました。その日の夜に顔を見せてくれましたが、なんとなく「ダウン症？」という言葉が頭をよぎりました。でもそんなことを思ったり口にすると、それが本当になると思い誰にも言えませんでした。

そしてつぎの日、藍は聖マリア病院に転院することになりました。

私は出産直後だったため、1人産婦人科に残りましたが、心配で不安で泣き明かしたことを覚えています。

その2日後に私は退院して、その足で聖マリア病院に向かいました。

聖マリア病院では、「肺動脈弁閉鎖症、ダウン症候群の疑いがある」との診断が出ました。

入院・闘病

私と藍は、病院と自宅の離ればなれになり、私は母乳を搾っては凍らせて病院に面会に行くという毎日が始まりました。病院では、主治医の神戸先生が、藍にかわいい洋服を着せてくれたり、熱心に「かわいいでしょう」などと話しかけ、落ち込んでいる私を励まそうとしてくれていました。

その後、藍は友人の紹介で久留米大学病院のＮＩＣＵに転院することになりました。当日は神戸先生にだっこされ、救急車で久留米大学へ搬送されました。久留米大学では、主治医の前野先生もとても優しく、また担当の看護師さんも、細かく藍の1日の様子をノートに記録してくだ

さり、涙が出るほど感謝しました。

当時の私は、痛々しい姿で保育器に入っている藍を見て、自分を責めることしかできずにいました。

「なにがいけなかったんだろう」「夢であってほしい」と、そればかりを思っていました。

でも、毎日家族みんなで面会に行き、藍の姉たちはガラス越しの妹を見て「かわいい」「早く抱っこしたい」と、いつもおおはしゃぎでした。夫も、ダウン症でもかわいいわが子、病気は治せばいいよと笑って言ってくれました。そんな家族を前にして、くよくよ自分を責めるのはやめようと思い、毎日お乳を持って面会に行きました。

生まれたばかりのころの藍とお姉ちゃんたち

入院して1カ月目にシャント手術（心臓の人工血管バイパスの手術）をし無事成功。回復も早く、NICUでは一番声も体も大きい赤ちゃんで、先生や看護師さんたちによく抱っこされていました。退院に向けての準備をしているなか、私自身が体調を崩して熱を出し寝込んだりしましたが、面会だけは行っていました。すると、そんな私に先生が、「お母さんが藍ちゃんに会いに来るのを我慢して1日寝ていれば、藍ちゃんは1日でも早く家に帰れますよ。藍ちゃんの1番の財産はお姉ちゃんたちがいることです。藍ちゃんは、お姉ちゃんたちから色々なことを学んでいくんですよ」とおっしゃってくださいました。

そして元気に退院。お姉ちゃんたちの愛情で藍はよく笑う表情のある子どもになりました。しかし、感染症には弱く、何度も重い病気になり、入退院をくり返しました。藍は人生の半分を病院で過ごしたような気が

します。

　大学病院の小児科病棟には、さまざまな病気の子どもたちが入院していましたが、まるで1つの家族のようなものでした。痛いこと、苦しいことばかりのわが子を見て、本当に無力で、見守ることしかできない自分を恨み、悩み、落ち込む日々でしたが、病棟のお母さんたちと話したり、慰められたり、勇気をもらったりと、生きる励みになりました。

　入院している子どもたちは、とても重い病気と闘っているけれど、みな前向きでどんなつらい治療にもがんばって耐えており、元気なときはよく笑い、ベッドの上でも遊びを見つけては楽しんでいます。藍も毎日血圧を測りにくる看護師さんのことをよく観察して、聴診器と血圧計を取りあげて、看護師さんの血圧を測る真似をしたり、自分の人形の洋服を脱がせナースコールでエコー検査の真似をしたりしていました。

　大学は研究・研修の場でもあるので、小児科にもよく看護学生さんや医学生が実習に来ていました。なかでも、山元君という医学生が藍をとても可愛がってくれて、朝と夕方には毎日顔を見に来てくれたり、遊んでくれたりしていました。

　藍の初節句のときも入院中でしたが、病院で迎えるおひな様の日に、山元君が故郷・有田の陶製の小さなお内裏様とお雛様を届けてくれました。「おうちに帰れないので、せめてベッドでお祝いを」との心遣いには、感謝してもしきれないほどでした。今でも大事な宝物で、毎年お節句になると飾っています。

　藍の担当の看護学生・早紀ちゃんも、とてもよくしてくれていました。藍が細菌性髄膜炎になり回復の見込みがなかったとき、酸素テントのなかから外の様子が良く見えるようにと、指導者の看護師さんと早紀ちゃんが、藍のテントをきれいに拭いてくれたりしていました。

　私の外出時には藍のそばにいてくれて、私が希望を持てるように、いつも応援してくれました。3カ月半の入院ののち、細菌性髄膜炎は後遺症もなく完治しましたが、藍の強い生命力には、先生方もびっくりされ

ていました。

　その後も、間質性肺炎などで入退院をくり返す日々でしたが、そんな山元君、早紀ちゃんのやさしさに支えられたからこそ、前向きな気持ちになれたのだと思います。

　2歳になったとき、心臓の人工血管が狭窄を起こし、顔色が真っ黒になり、また酸素テントのなかでの生活が始まりました。「酸素濃度25％」という数字を見た学生さんたちが驚いていたことを今でも覚えています。

　そのとき、2度目のシャント手術か、根治手術かという選択を迫られました。私たちは、根治手術なら福岡市内にある市立こども病院でと決めていたのでそう伝えると、主治医の前野先生が熱心に連絡を取り合ってくださり、こども病院に搬送するというところまで話が進んでいました。ところが、今搬送しても、藍の体力的に手術は難しいということになり、もう一度シャントの手術を久留米大学で行うことになりました。

　結果、緊急の手術となり、外科の川良先生も駆けつけて、「お母さん、がんばりましょうね」と励ましてくださいました。術後はＩＣＵの空きがなかったので、ＮＩＣＵで看ていただくことになりました。

　未熟児の新生児の赤ちゃんばかりのＮＩＣＵで、2歳という大きな体の藍が場所を取り、ほかのお母さん方から不思議そうに見られている光景は今でも忘れられません。でも、久しぶりのＮＩＣＵで、前野先生や藤野先生、お世話になった看護師さんを見たときは、感謝で胸がいっぱいになったと同時に、「ああ、また、藍が生きてくれる。笑顔が見れる」と思い、涙が止まりませんでした。

当時医学生だった、藍の大好きなお兄ちゃん、山元君と

その後は小児科病棟の観察室に移りましたが、無気肺（気管支に痰がつまり、末梢の肺に空気が届かず、肺の一部が虚脱状態になること）がなかなか治らずにいると、川良先生がよくお見舞いと言いながら来てくださいました。
　「この無気肺が良くならないと、私の仕事が仕上がった気がしないので、お母さん一緒にがんばりましょう」とマッサージをしたり、私にマッサージの仕方の指導もしてくださいました。呼吸器科の木村先生もすぐ動いてくださり、1日のマッサージの日程が組まれ、1日2回のマッサージの施術が始まりました。その甲斐あって、無気肺も治り、元気になってくれました。
　外科の川良先生は、そんな藍を見て本当に喜んでくれて、「お母さんの藍ちゃんへの一所懸命さと強い思いが、みなの心を動かしたんです」と言ってくださいました。
　小児科には、長期で入院している子どもたちも多く、病院とは思えないアットホームな空間でもありました。先生たちも白衣は着ず、誰かのお父さんかと間違えることも。大変な病魔と闘っている子どもたち、お母さんもたくさんいましたが、病室は笑いでいっぱいでした。そんな、わが家のような所だったから、みなと一緒だったから、どんな困難にも立ち向かえたのだと思います。
　その後、藍は肺の動脈圧が高いというリスクを抱えながら、久留米大学病院の外来受診に通っていましたが、平成14年9月にこども病院に入院することになりました。主治医の前野先生とこども病院の総崎先生が密に連絡を取り合いながら迎えた入院の日。この日の緊張感は今でも忘れられません。
　藍の手術の前日、外科の角先生が、藍の顔を見に来てくれ、「藍ちゃんがんばろうね‼」と言ってくれました。先生は、自分が手術する子どもと会って、その夜その子を思い浮かべながら手術のシミュレーションをするのだそうです。また、東京大学病院に勤務になった山元君から、

普段、身につけている白衣が届きました。藍の手術日に立ち合えないので、自分の分身をとの心遣いでした。
　9月12日、手術当日になりました。朝から胸がドキドキし、前日は一睡もできず、不安でたまりませんでした。心臓を止めて人工心肺を使っての手術。藍は肺の動脈圧が高いというリスクもあり、当日は藍の手術を含め二例しか手術が入っていませんでした。

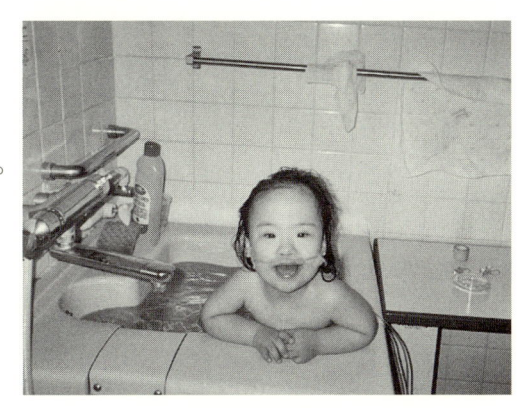

大好きなお風呂

　術後はそのままＩＣＵに入り、2日間は藍の姿をモニターで見ることしかできませんでした。病状が安定して病棟に移った藍の姿を見たときは、涙が止まりませんでした。
　藍の顔色はチアノーゼが消えピンク色で、とても色の白い子でした。「とても美人さんだったんだね」と看護師さんからも言われ、術後の経過もよく、ドレーンもすぐはずれ、食事も再開になりました。
　傷が治ってきたころからお友達ともよく遊ぶようになりました。大変な手術に耐えた藍を見て、ただ、ただ、生きて元気になってくれたことに感謝するばかりでした。
　やがて、お世話になった先生や看護師さんに見送られてこども病院を退院。久留米大学の外来を受診すると、前野先生や看護師さんは、藍を見てびっくりし、「藍ちゃん、元気になって良かったね‼」「色が白くなって可愛くなったよ‼」と言ってくれました。
　家でも、みなで普通に食事をするというあたりまえのことに、とても幸せを感じました。お姉ちゃんたちも大喜びで藍を囲んで遊び、真ん中のお姉ちゃんは友達と外で遊んでいる最中もときどき家に戻り、「藍

ちゃん大丈夫？　すぐに帰ってくるからね‼」と言って、また外に遊びに行っていました。

　当時の写真を見返してみると、3人で写っているときは常に藍を真ん中に入れて写っていました。2人の姉が妹をとても大切に思い、守っていたのだなあと感じる写真ばかりです。

　しばらくの間平穏な日々が続き、これで元気になってくれると思っていましたが、半年後、四肢末梢のチアノーゼ、体動時の息切れが見られ、何度となく救急車で久留米大学に行きました。日を増すごとに苦しむことが多くなったので、心臓カテーテル検査をした結果、肺の動脈圧を下げる薬（ドルナー）を4時間毎に服用しなければいけないと言われました。夜中でも起こして服用させていましたが、藍は泣くこともなく飲んでくれていました。いつも不安で、夜が来るのが恐ろしい毎日でした。ある日、その不安は的中して、突然ぐったりして救急車で大学に搬送。今後の治療方針を決定するための入院となりました。

　ドルナーの効果も薄れ、今後の治療として、フローランの話があがりました。この薬剤は持続点滴で、まだあまり動けない新生児以外には、久留米大学でも例がないとのことでした。点滴の針が入りにくい藍にとっては、もし、針が抜ければ、5分以内に再度針を入れない限り意識がなくなり、最悪の場合「死」ということにもなりかねないという。

　何度となく前野先生と話をさせていただきましたが、こども病院でもう一度診断を受けたいと思い、前野先生にその旨を伝えると、快く連絡を取ってくださいました。

　それから、2度目のこども病院での入院生活が始まりました。牛ノ濱先生は、「お母さん、簡単にフローランと言ってしまったらだめです。フローランは、藍ちゃんの生活、笑顔を奪うこともあるのです。治療は、その子の今の生活も考えてやらなければいけません。フローランを使えば、今まで藍ちゃんが楽しかったことも行動も制限してしまいます。あらゆる検査をして可能な治療をみなで探しましょう。その結果、どうし

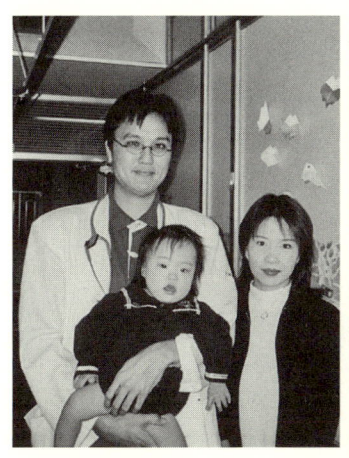

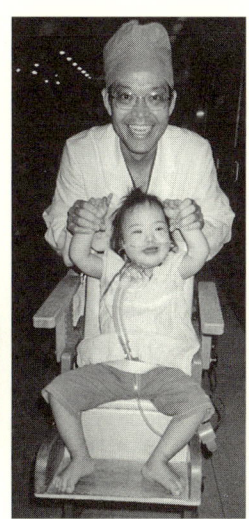

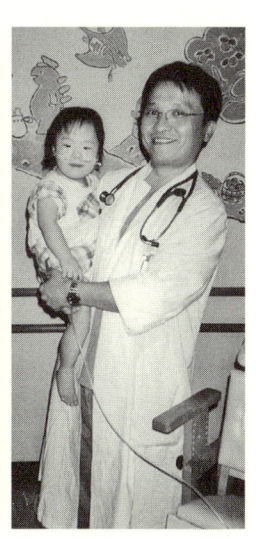

お世話になった先生方。左から前野先生、総崎先生、牛ノ濱先生

ても治療法が見つからなかったらその時考えましょう。お母さん、いっしょにがんばりましょう」と言ってくださいました。涙が止まりませんでした。牛ノ濱先生にすべてを任せようと決心し、そして前野先生と総崎先生に感謝しました。

　そして、藍が生まれてから、もう8回目になるカテーテル検査を行いましたが、今までで1番時間がかかったカテーテル検査でした。その検査で、10リットルという大量の酸素を藍の体内に流せば、症状が改善されることがわかりました。しかし、酸素テントに入らない限り、そんな大量の酸素を流すことは不可能なので、鼻から4リットル、首にかけた器具から吹き流しで、随時酸素を送っていました。

　そのころ、肺換気シンチの検査も受けました。検査の結果、左肺の換気力の低下がみられ、肺の換気障害による影響ではないかという診断になりました。そこで、酸素、内服薬（利尿剤など）の量を調整することになりました。体動が多くなったり、排便時にいきんだりすると、顔色が悪くなったりすることがありましたが、日常生活は支障なく行えるようになりました。

少しずつ症状が改善されて治療は中止となり、やっとベッドから解放されると、お友達のところに行ってベッドで遊んだり、ままごとをしたりと、笑顔も多くみられるようになりました。
　しかしそれもつかの間。夜間啼泣をきっかけに、不穏・顔面蒼白となり、苦しむ症状をきたすようになりました。
　このときも、不安、恐怖、涙の連続でした。でも、抱っこして泣いていたら、1番苦しくてつらい思いをしていたはずの藍が、私の涙をぬぐってくれたのです。このことで、私は泣いてはいけない、苦しいのは藍なんだ、私もがんばらなくてはいけないと思いました。
　するとある日、先生から外泊のお話が出ました。もうこのまま家に帰れないのではと思っていたので、思いがけなくうれしかったです。
　夢のような日は訪れ、当日はお姉ちゃんたち、パパと全員で迎えに来てくれて、藍も手をいっぱいに広げて喜びを表していました。
　この外泊がうまく行き、8月7日、不安ながらも退院しました。退院の日は、先生、看護師さん皆で送ってくださり、主治医の総崎先生とも記念写真を撮って、「がんばったね。次の外来日まで元気でね」と言っていただいて別れました。

別れのとき

　退院した夜は近くの焼き肉を食べに行きました。焼き肉屋さんでは、日ごろ食欲のない藍も、みながびっくりするほどおいしそうにお肉ばかり食べていました。退院後、笑顔を見せながらお姉ちゃんたちと遊ぶ藍を見て、とても幸せを感じていた反面、動いたときに時折見せるきつそうな顔に、心配や不安がいつも頭をよぎっていました。
　夜になると花火をしようということになり、お姉ちゃん、パパが外に出ました。藍と私はベランダから見ていましたが、藍がそちらを指さして行きたいと意思表示をしたので、部屋から降りてお姉ちゃん達と一緒

に花火を楽しみました。花火を終えると、大好きな肩車をパパにしてもらい、大喜びで笑っていました。
　家に入って、パパが肩から藍を降ろそうとした瞬間、藍の顔が真っ黒になり苦しみだしました。救急車を呼び、久留米大学病院かこども病院かと迷いましたが、藍の苦しみ方を見たらとても福岡市にあるこども病院までは無理だと思い、10分ほどで行ける久留米大学に搬送をお願いしました。救急車に乗るまで、そして乗ってからも、藍は私から目を離しませんでした。
　大学病院に着くとすぐに観察室に運ばれました。主治医の先生が不在で、処置を待っている時間がとても不安だったので、こども病院の先生に電話をして、大学の先生と連絡を取ってもらうことにしました。
　それからどれくらい時間が経ったかわかりませんが、私が部屋に呼ばれたときは、藍は先生たちに囲まれていました。
　目をつぶったままの藍。心臓マッサージをしている先生の姿。
　信じられませんでした。嘘だと思いました。
　「これ以上は藍ちゃんがきついから」と言われました。
　私は、「木村先生！　助けて！」と大声で叫んでいました。
　先生が藍の体に近づき、マッサージをしました。
　夫が私に、「もう藍が……」と言いました。
　それから、私の時間は止まりました。

　お化粧を施したおでこには、痛々しい圧痕がありました。看護師になった早紀ちゃんが、ＮＩＣＵから泣きながら駆けつけてくれました。
　お姉ちゃんたちも泣いています。
　いつも、どんな困難からも這い上がって元気になってくれる藍が、どうして……。早く目を開けて！
　現実が受け入れられない。そのなかで、時間が過ぎていく。
　先生たちに見送られながら、藍を抱っこして車に乗せて帰りました。

夫が私の友達に電話をしていてくれたらしく、玄関を開けたら友達が迎えてくれました。私は泣き崩れ、反対に毅然とした態度で出迎えてくれた友人は、藍の布団を敷いてくれていました。
　私は、そのときのことをあまり覚えていないのですが、お寺に連絡したりなど、すべて友人がやってくれたそうです。退院から8日後の死でした。退院していなければ、外来受診を早めていれば……など、後悔しました。
　次の日の夕方、葬儀場に行きました。夜、藍の遺体のそばで藍に話しかけ、絵本を読んでやりました。返事は返ってきません。
　苦しい、悲しい。
　お葬式当日、たくさんのお友達がお別れに来てくれました。大学の松石教授をはじめ、藤野先生と神戸先生がお姉ちゃんたちに1冊の本をプレゼントしてくれたり、早紀ちゃんが藍にと祭壇に本を飾ってくれました。その本の主人公は藍にそっくりでした。東京からも山元君が駆けつけてくれました。とてもうれしかったです。張り詰めた思いや悲しみが、パーンと破裂したようでした。大好きな人たちに見送られて、藍は家族みんなで一緒の車に乗って火葬場に行きましたが、なかなかお別れをすることができませんでした。
　骨になって帰ってきた藍を見て、頭が真っ白になり、一瞬、立っていられなくなりました。
　それから、私の時間は止まったまま、忙しい毎日でした。その間も、私が一人ではいられないことをよく知る友人が、毎日訪ねてきてくれました。その友人は僧侶でもあったので、いろいろなことを教えてくれました。大きな支えでした。
　藍が心配でした。歩けないし、ちゃんと言葉も出ない。真っ暗ななかで泣いていないだろうか？　そんなことばかり考えていました。四十九日、極楽浄土に行くまで、肉・魚を食べてはいけないと聞けば、それを徹底しました。四十九日までろうそく、お線香を絶やしてはいけないと

聞けば、夜中も出かけるときも絶やさず続けました。

上の子のお迎え以外は、ほとんど外出しませんでした。お迎えのときも、ろうそくを点けていました。藍が寂しくないように、藍の好きな「しまじろう」のDVDをかけて、出かけても藍のことが心配でした。

その時期は、藍に近づきたいとしか考えられませんでした。

パパと遊園地にて

そんなとき、同じ子どもを亡くしたお母さんたちがお参りにきてくれました。『光の世界』という１冊の本を持ってきてくれました。その本を読んで、私の気持ちは少し楽になりました。涙も出ました。藍は大好きなお友達と一緒にいるのかなと考えられるようになりました。

お葬式後も、たくさんの人たちがお参りに来てくれました。前野先生も来てくださり、最期のときに自分がいなかったことを謝ってくれて、藍に手を合わせてくださいました。

岩崎先生から電話があり、初めての外出になりました。藍の写真を持って、「藍ちゃん行くよォ」と言って、一緒にいるんだと自分に思い込ませて安心させて出かけました。

『うれしかった言葉　悲しかったことば』という本の製作を手伝わないかというお誘いでした。この本は、難病の子どもと共に生きるお母さんたちが、病院のスタッフや知人から言われて嬉しかった言葉と悲しかった言葉を集めたものです。私にできるかなと思いました。そのころの私といえば、家に閉じこもって泣いてばかりいたのです。藍は人が大

好きで、いつも笑顔でした。特に、私がみんなと笑っているときは、藍も笑顔で楽しそうでした。藍が望んでいることは、私がいつも娘や友達と笑っていることなのかなあと思いました。

それから、藍といつも一緒にいると思うことで、自分を支え、藍の大好きだった友達にも、藍と一緒に会いに行こうと思うようになりました。

本の製作の協力をお願いしに、藍のお友達の家に行ったら、私が藍の写真を持ってきていることを知っているお友達のお母さんが、「藍ちゃん、連れてきた？　リョウ君、藍ちゃん来たよ」と言って写真に声をかけてくれました。涙が出るばかりでした。藍が生きているように接してくれた気遣いがうれしかったのです。

この本の製作を通して私がお手伝いできたことは、病気の子どもを持つお母さんたちのなかでも、子どもを亡くしたお母さん達の言葉を集めることでした。

たった一人で旅立ったわが子の心配であったり、苦しみだったり、全部共感できることでした。

自分がわが子を亡くして初めて、子どもを亡くした人の気持ちがわかりました。藍が生きていたとき、藍のお友達が亡くなり何度も見送りましたが、そのときの私がかけた言葉は、お母さん方には届かなかっただろうと思いました。同じ思いをして始めて、その人の気持ちがわかるんだということがわかりました。

出版の件で出かける機会が多くなり、人に会うたびに藍の偉大さもわかるようになりました。藍は、たった3年間の間に、たくさんの人の心に笑顔を遺しました。藍が亡くなって、私が寂しくないよう、いろいろな友達を遺してくれました。

また、岩崎先生との再会で、藍に恥じない生き方をしなければいけないと思えるようになりました。藍は、純真無垢なままこの世を全うして、あの世に行って、高いところにいるのでしょう。そんな藍に再会するためには、私もちょっと現世でがんばらないと、そんな藍に会えないよう

お姉ちゃんの好（このみ）と心（こころ）と藍

に感じています。
　そんなことを思うようになった時期に、藍が導いてくれたかのように、子どもを亡くした親の会を作ろうという話をいただき、少人数で毎月テーマを決めて、集まるようになりました。その会を「ひまわりの会」と名づけました。
　最初の1年は、闘病中の生活や思い出を話したり、心の思いを全部出して泣いて共感して帰るというものでした。私の例でいえば、私は、藍を亡くしてから毎日、夕食は陰膳をしていて、家族全員、「藍ちゃんご飯だよ〜」と言って、藍が大好きだったぽっぽちゃん人形と藍の写真を藍のイスに座らせて、一緒に食卓を囲むことや、藍の写真を持って出かけ、いつも一緒にいると常に思っていることなどを話します。みんなは、そのことを受け止めてくれます。この会の時間は、思い出してつらくて泣いていたけれど、不思議にすっきりして帰ることができ、心を癒してくれる会になりました。

藍の死後、藍が結びつけてくれた人に感謝します。
　８月14日になると、毎年たくさんのお花が届きます。いつも笑顔で、みんなが笑顔だと嬉しそうにしていた藍らしく、賑やかな命日になっています。
　藍の大好きだったお兄ちゃん、山元君。藍の死後結婚されましたが、その結婚式に、藍の席を用意してくれました。私と藍の２人の姉と、藍が招待されたのです。そのときに山元君のご両親にお会いしましたが、こんなご両親に育てられたから、山元君はこんなに素敵な人になったんだと思わせられるような、本当に素敵なご両親でした。クリスマスには、山元お兄ちゃんサンタから、ちゃんと藍の名前が宛名に書かれたクリスマスカードが毎年欠かさず届いています。
　早紀ちゃん。藍にメッセージつきの本をプレゼントしてくれました。ＮＩＣＵの看護師さんになってくれました。ときどきメールで近況報告をしています。
　岩崎先生。この世で生きるということを教えてくれました。あたたかく見守ってくれています。
　私の大切な２人の親友。藍を亡くしてから毎日、私の横で支えてくれました。

　その後、私も病院に勤めるようになり、６年が経ちました。今でも陰膳は続けており、藍が生きているかのように過ごしています。藍を可愛がっていた姉も１人は高校に進学し、バレーに夢中。もう１人も中学１年生になり、バレー部に入りました。将来、看護師か医師を目指しているようで、勉強と部活の両立でがんばっています。
　日々忙しく生活に追われている毎日ですが、藍に会えるその日まで、がんばろうと思っています。

「ひまわりの会」のおもな活動

■2004年度
　話し合いのテーマ

9月13日　自己紹介。ひまわりの会に期待すること
10月4日　落ち込んだ時にどうするか
10月25日　子どもとの思い出①
11月8日　闘病中の思い出
11月15日　家族関係の変化
12月6日　ターミナル期の状況
12月20日　医療者との関係

2005年
1月17日　自分の変化、他の参加者の変化

■2005年度活動内容

4月　阿蘇バス旅行話し合い
5月　阿蘇バス旅行②
6月　2カ月半後フォローアップ面接
7月　絵手紙③
8月　メイクレッスン④
9月　半年後フォローアップ面接
10月　押し花で写真を飾ろう
11月　クリスマスリースを作ろう⑤
12月　忘年会

2006年
1月　アロマの勉強
2月　新年会
3月　1年後のフォローアップ面接

■2006年度活動内容

4月　今後の予定の話し合い
5月　バス旅行話し合い
6月　長崎バス旅行⑥
7月　絵手紙

2007年
1月　新年会
2月　パッチワーク
3月　パッチワーク

■2007年度活動内容

4月　パッチワーク
5月　パッチワーク
8月　今後に向けての話し合い
9月　写真立て作り
10月　日帰り旅行話し合い
11月　福岡県糸島市志摩日帰り旅行⑦
12月　忘年会⑧

2008年
1月　パッチワーク（ひなまつり）⑨
2月　『天使のあしあと』出版に向けて話し合い
3月　原稿執筆

■2008年度活動内容

4月　小箱作り
5月　プリザーブドフラワー
6月　香袋作り
9月　『天使のあしあと』出版に向けて話し合い⑩
10月　原稿執筆
11月　昼食会
12月　原稿執筆

2009年
1月　原稿執筆
2月　原稿執筆
3月　パッチワーク

■2009年度活動内容

4月　病棟のお母さんへのアンケート内容の検討
5月　病気の子どもへのプレゼント検討1
6月　病気の子どもへのプレゼント検討2
7月　病気の子どもへのプレゼント検討3
8月　パッチワーク

2010年
1月　新年会
2月　旅行話し合い
3月　糸島日帰り旅行

■2010年度活動内容

通年、『天使のあしあと』の原稿執筆

■2011年度活動内容

4-7月　『天使のあしあと』校正作業と写真の手配
8月　『天使のあしあと』出版

①－⑩：次頁参照

①子どもとの思い出（2004年10月25日）
　亡くなった子どもの思い出の品を持ち寄り、品を披露しながら子どもの思い出話をし、闘病中は辛い事ばかりではなく、母親それぞれに楽しい思い出もあったことなどが語られていました。

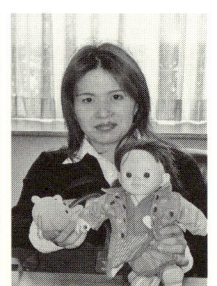

②阿蘇バス旅行
　　　　　　（2005年5月）
　「ひまわりの会」メンバーで、初めての日帰り旅行。バスを一台貸し切り、きょうだい児、ボランティアを含め計32名で、熊本の葉祥明美術館へ。右上の写真は、美術館の芝生の上できょうだい児とボランティア保育士さんが遊んでいる光景を撮ったものです。

③絵手紙
（2005年7月）
　講師を招き、季節の野菜を見ながら絵手紙を作成しました。

④メイクレッスン（2005年8月）
　外部講師を招いて、メイクの方法を学びました。

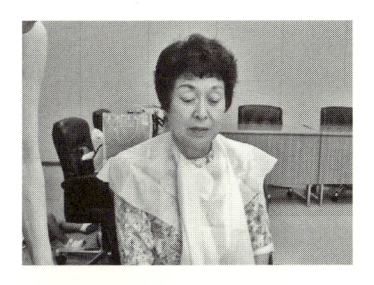

⑤クリスマスリースを作ろう（2005年11月）
　メンバーのなかに、お花のアレンジメント教室の先生をされている方がいるので、準備と指導をしてもらい、かわいいクリスマスリースを作り上げることができました。

⑥長崎バス旅行
　　（2006年6月）
「ひまわりの会」での2回目の日帰り旅行。きょうだい児、ボランティアを含め計21名で、長崎ペンギン水族館に行ってきました。

⑦福岡県糸島市志摩
　日帰り旅行（2007年11月）
　3回目の日帰り旅行。福岡県糸島市志摩にみんなで車を出し合い行ってきました。貸し別荘で食事を作り温泉のお風呂に入りました。

⑧忘年会（2007年12月）
　お昼にみんなで集まり忘年会をしました。

⑨パッチワーク（ひなまつり）
　　　　　　　　（2008年1月）
　講師を招いて、雛祭り用のパッチワークを作製しました。

⑩『天使のあしあと』出版に向けて話し合い　　　　（2008年9月）
　本の出版に向けての活動を2008年9月から開始しました。この時から長い長い出版までの道のりが始まりました。どのような内容の本にしようかなどみんなで意見を出し合って決めていきました。

おわりに

久留米大学医学部看護学科　講師
納富 史恵

　「ひまわりの会」の活動は、2004年9月から、久留米大学に併設された施設の会議室で、毎月第3月曜日に行われており、今年で8年目になります。
　初年度である2004年9月から2005年の3月までの7カ月間は、お母さんと運営スタッフとの話し合いで決めた8つのテーマに沿って自由に思いを語ってもらいました。
　「ターミナル（終末）期の状況」がテーマのときは、わが子の状態がいよいよ悪化してきたときの状況を涙で語り、一方、「闘病中の思い出」や「医療者との関係」がテーマのときは、楽しかった思い出や医療者への感謝の気持ちを、笑いを交えながら語っていました。
　2005年4月からは、お母さんたちが中心となって活動内容を企画し、押し花で写真立てを作ったり、講師を招いて「絵手紙」を作るなどの活動を行っていました。このアクティビティは、手作業をしながら、「最近太った」「娘のバレーの送り迎えが大変」など、とりとめのないことを気軽に話すことで気分転換になっていました。
　さらにこの年は、お母さんたちの現在の心境や生活を知るために、2カ月半後、半年後、1年後にフォローアップ面接を実施しました。発会してから最初の2年間は、話し合いや面接の前後に、お母さんたちの血圧を測定して、心身の状態にも配慮しました。
　施設のカギの開け閉めなどスタッフとしてお手伝いをしていた私は、聞かせてもらったお話の内容を以下のように論文[*]としてまとめる機会を得ました。

お母さんたちは、亡くなったわが子との心理的な距離を変化させながら、その子がいない生活に適応していこうとしていました。亡くされて日が浅いころは、わが子を「切り離せない存在」として、一心同体に位置づけていましたが、日々の生活をくり返していくなかで、自分自身から切り離し、やがて「見守ってくれる存在」へと位置づけを変化させていました。

　この変化していく過程において、お母さんたちは、生きる力を失くしたり、社会との関係を絶つなど、悲しみと苦しみのどん底の状態から、通常の生活を取り戻したり、新しいアイデンティティを獲得するなど、踏み出しのきっかけを摑んでいました。

　このような変化は、親きょうだいや夫婦間で悲しみを分かち合い、支え合うことができたことが大きな要因ですが、それ以上に、同じ体験をしたお母さん同士が、気持ちを共有し合えたことが大きかったのではないかと考えています。

　つらい現実に向き合うために、今持っているエネルギーをより活性化させることができる「ひまわりの会」のようなグループの存在は大変重要です。今後もお母さんたちに寄り添いながら、少しでもお役に立てたらと思うと同時に、このようなグループがどんどん増えていくことを願うばかりです。

平成 23 年 7 月 26 日

* 納富史恵, 藤丸千尋, 岩崎瑞枝：長期入院児を亡くして 2 年未満の母親の悲嘆プロセス ―「分かち合いの会」参加者の体験 ―, 日本看護研究学会誌, 30（2）, 65-75, 2007.

あとがきにかえて

大分大学医学部・久留米大学医学部　非常勤講師
ファイナルステージを考える会　代表
岩崎 瑞枝

　「ひまわりの会」が始まったきっかけは、1人のお母さんの言葉からでした。久留米大学病院小児科病棟に長期入院している病児のお母さんたちの言葉を集めた『うれしかった言葉　悲しかったことば』*(海鳥社)の編集委員だったそのお母さんは、本の製作のために、病棟で親しかった闘病仲間のお母さんたちに声をかけ、一所懸命言葉を集めてくれました。

　その集まった言葉の資料の受け取りのために、久留米大学病院で会おうと場所をいくつか提案したとき、そのお母さんは言ったのです。

　「子どもが亡くなってから、大学病院に行けないんです」

　私は、ハッとしました。お子さんを亡くしているのはもちろん知っていましたが、その悲しみの深さは想像を超えたものだったのです。

　それでも何とか、大学病院の近くの喫茶店で会う約束をしました。集めてくれた言葉の主はすべて、闘病の末亡くなった子どものお母さんたちでした。

　『うれしかった言葉　悲しかったことば』は、それぞれの言葉とともに病児本人か、もしくはきょうだいが作成した作品を掲載することにしていました。ところが、彼女が持ってきてくれたのは、無論自分の分も含めて、作品ではなく亡くなった子どもたちの写真でした。「写真を載せていいの……？」と尋ねると、彼女は「わが子を忘れて欲しくないから。みんなに生きていたことを覚えていて欲しいから」と、まっすぐな目で言ったのでした。

それまで、子どもを亡くしたお母さんたちは、その悲しみが深いゆえに、亡くなった子どもの話題は避け、何とか忘れて一時を過ごしてもらう方が良いのではと思っていました。しかし、そのお母さんの言葉からそれは違っていることに気がついたのです。お母さんたちは、わが子のことを話したいのだ、話すことでわが子のことをいつまでも思い出したいのだと。

　私たちは、お母さんたちのその思いから逃げずに、ありのままを受け止めながら見守ることが必要なのではないかと考えました。そのために、まず、できることは、安心してその思いを出すことができる場を準備することではないかと思い当たりました。

　「ひまわりの会」はこうやって誕生しました。藤丸、藤井、納富（すべて久留米大学医学部看護学科・当時又は現職教員）、和泉（久留米大学医学部小児科病棟保育士・現職）、私（久留米大学医学部博士課程・当時）が運営スタッフでした。

　私たちは、お母さんたちが存分に自分を表現できるためには、まず心身の健やかさが大切だと考えました。当初、自分の健康状態にも留意してもらう意味もあって、参加してくれたお母さんたちに、いくつかのチェックを、会の始めと終わりにしてもらっていました。まず、血圧・脈拍測定、そして気分を測る質問紙POMS**の記入。その後近況を話してもらい、会が始まります。お母さんたちは、「私って意外に血圧が高かったんだ」などと言って、自主的にチェック項目をこなしていました。会が終わって「子どものことを話すことができてよかった」「何かすっきりした」と言われることが多かったのですが、終了後の気分の測定では、そんなに気分が好転したお母さんはいませんでした。

　集まったお母さんたちは8名でした。最初の半年間はテーマを決めて話をしてもらいました。以下に、最初の半年に行った、回ごとのテーマとお母さんたちが話したいくつかを紹介します。

第1回のテーマは「『ひまわりの会』に期待すること」(参加者5名)。
　「私にとって、わが子と一緒にやってきたことが生きがいでした。今は気が抜けてしまって未だに立ち上がれません。この会に声をかけてもらって本当に良かったと思います」
　「形がない分、何をしてやれば亡くなった子が喜ぶだろうということが、多分みんなの同じ気持ちだろうと思います。みんなで集まって話をして、何かを分かち合えたらいいなと思います」

　第2回は「落ち込んだときどうするか」(参加者5名)。
　「泣いていたりすると『今日泣いた?』と上の子に帰ってきて言われたりします。それじゃあいけないなあと思って、子どもと話をします。自分が落ち込んでいると子どもの表情も暗くなるので、外に散歩に行ったりもします」
　「写真のわが子の笑顔で慰めてもらっています。何かのきっかけで、その日の夕方救急車を呼んで病院に運んだことを思い出し、胸が苦しくなってどうしようもなくなります。それをどう乗り越えられるか、私自身、答えが見つかっていません。やはり、わからないままにしているより、その日のことをきちんと先生に聞いて、自分のなかではっきりしないといけないのかな。そうしないと自分が前に進めないのかなと思います」

　第3回は各自持参した「子どもとの思い出の品」(参加者5名)。
　「このバッグはお気に入りで、いつも病院に来るときには持っていました。中身はいろいろ変わっていたようです。自分できれいに片づけたりするのが得意でした。四十九日までは、仏壇の横に置いていましたが、その後は押入れに入れてずっと出していませんでした」
　「人形は、お姉ちゃんたちが自分たちだと思ってベッドに寝かせていたものです。いつもちゃんと脱がせて、ティッシュを敷いてナースコー

ルでエコーのまねごとをしていました。でも、ナースコールだから押すと鳴りますよね。先生たちも見に来て、エコー検査ごっこをする子は初めてだって。看護師さんが血圧を測りに来ると、まず看護師さんの血圧を測ってから自分の血圧を測らせるんです。とにかく医療器具が大好きでした」

　参加されたお母さんのなかには、思い出の品はしまい込んで開けていないので持ってきていないという方が数名いました。それでも、ほかのお母さんの思い出話に加わり、わが子の好きなものや気に入った遊びの話をしてくれました。

　第4回は「闘病中の思い出」（参加者7名）。
「うちは1歳半で入院して、4歳で亡くなるまでの半分が病院生活でした。病院で言葉を覚えて、歩き出して。入院当初は私の姿が見えないと泣くから、トイレに行くのも走って行っていました。売店も点滴台を持って、1人で押して歩いて行っていました。アイスクリームを1つ買って、食べ終わったらまた売店に行くという感じで、1日4〜5回ぐらい売店に行っていました。そうでなければプレイルームに行っていました。結構楽しい思い出がいっぱいあります」
「お風呂が大好きで、石鹸を一所懸命泡立てて、それを体につけて丁寧に洗うんです。薬はシロップも入れないまま8種類飲んでいました。飲まなければいけないという使命感があったようです。入院中は、お母さんたちとみんなで支えあって生活していたから、病気に関しては悲しい思い出もありますが、やはり楽しい思い出、経験できない思い出がたくさんあったかなと思います」

　第5回は「家族関係の変化について」（参加者4名）。
「入院中はあまり家に帰れなかったから、お兄ちゃんが半年ぐらい荒れて、反抗期だったのでしょうか。亡くなった後は、兄弟は大きかった

ので言葉には出しませんでした。だから、思い出話は主人としています」
「自分は病院で、主人はきょうだい児を看ていました。お互い一所懸命やっていました。相手を思いやる気持ちもなく、自分のことで精一杯でした。そういうところで気持ちのズレが出てきました」

第6回は「症状が最悪のときの思い出」(参加者4名)。
「すごく我慢していて、痛いのやきついのがあったでしょうけれど、わかってあげられなかったから辛かったです」
「手だてがないことが苦しかった。周りの者が何もしてやれないときが、本当に辛かったです」

最終回は「自分の変化、他の参加者の変化」(参加者4名)。
「自分が思っていることを、伝えたくても伝える人がいませんでした。こういう場でお話する機会があったのは、自分にとってすごく良かったと思います。泣いてもわかってくれる人ばかり。だから、自然と涙が出てきてもおかしくないし、恥ずかしくもない。その中で、自分で溜めていたものを昇華していけました」
「自分の話もそうだけれど、ほかのお母さんの話を聞いて、この人もまだつらい思いをしているんだという共感をもてたのがすごくうれしかった。亡くなって、ぽっかり穴が開いたままで、自分で何をして良いのかわからない。何も手につかないこともあって、何かそれに反響してくる声を聞いたときに、自分もがんばらなければという思いが湧きました」

当初、わが子を亡くした場所にさえ近づけなかったお母さんたちですが、皆でその悲しみを、あるときは語り合って、あるときは涙し共有することができました。お互いの闘病を知っていて日常的に支え合ってい

たことも、この会の大きな後押しになりました。

　テーマごとの語りを終えてから、今度は、「楽しいことをしよう」ということで、自分たちで企画し毎月集まるようになりました。そして、1昨年あたりから、わが子のことを書いてみようということになりました。長い文章を書けるだろうかと不安をのぞかせるお母さんや、亡くなる場面になかなか筆が進まないお母さんたち。2年を費やし、みんな苦労して、やっとこの『天使のあしあと』を完成させました。

　わが子の生きていた証を作り上げたお母さんたち。これから、日常のなかにその存在はなくても、「ひまわりの会」を通して心・元気になれる術をこれからも一緒に探していきたいと願っています。

　最後になりましたが、可愛い表紙を作成していただいた堀本祐子さん、心和むたくさんの挿絵を書いてくださった道下京子さん、本書の出版にご協力いただいた海鳥社の柏村美央さん、そして西俊明社長に、心より感謝しています。

平成23年7月26日

* 難病のわが子と生きるお母さんたちの声を集めたブックレット．麦の会声だより編集委員会編．海鳥社．2004
** 自記式質問紙日本版POMSはアメリカで開発された気分を評価する質問紙法の心理テストで「緊張 - 不安」、「抑うつ - 落ち込み」、「怒り - 敵意」、「活気」、「疲労」、「混乱」の6つの気分尺度を同時に測定できる。

協力
ファイナルステージを考える会
福岡市にある末期がん患者とその家族を支援するボランティア団体。
連絡先＝清水クリニック内　〒811-1311
福岡市南区横手2-8-7　TEL092（502）6767
http://www3.ocn.ne.jp/~final/

カバーイラスト
創意雑貨DECO 造形デザイナー　堀本祐子

挿画
道下京子

天使のあしあと
難病でわが子を亡くしたお母さんたちの手記
■
2011年9月1日　第1刷発行
■
編者　ひまわりの会
発行者　西　俊明
発行所　有限会社海鳥社
〒810-0072 福岡市中央区長浜3丁目1番16号
電話092（771）0132　FAX092（771）2546
http://www.kaichosha-f.co.jp
印刷・製本　有限会社九州コンピュータ印刷
ISBN978-4-87415-823-4
［定価は表紙カバーに表示］

海鳥社の本

うれしかった言葉　悲しかったことば　難病の子と生きるお母さんたちの声
麦の会声だより編集委員会編

難病の子を持ち，小児科病棟で生活をする母親たちにアンケート調査。小児医療だけにとどまらず，現在の医療現場の問題点，医療や看護に携わる人たち，そして私たちの「こころ」が問われる。

Ａ５判／104頁／並製　　　　　　　　　　　　　　　　　2刷▶952円

命のことだま
岩崎瑞枝著

末期がん患者，難病の子ども，病とともに生きる人，死にゆく人，みおくる人，そして彼らを支えようとする人。さまざまな死を見つめ続けてきた著者が語る，まぎれもない〈生〉の姿と私たちの在り方。

Ａ５判変型／136頁／並製　　　　　　　　　　　　　　　　　　1000円

【改訂版】末期がん情報　余命６カ月から読む本
ファイナルステージを考える会編

末期がんの告知の問題，痛みの取り方，医療費のこと，意思表示の仕方，終末期の過ごし方やなぐさめなどを，患者，医療者，家族の立場から助言する総合ガイド。患者の立場から選んだ病院，医師を紹介。

Ａ５判／284頁／並製　　　　　　　　　　　　　　　改訂版2刷▶1800円

いのちをつないで　むなかた助産院からのメッセージ
賀久はつ著

子産み・子育ては，本来女性が主体性を持ち，生活の一部としていたものでした。自然な形の出産こそ，その子と家族にとって最大の教育の機会となります。多くの母と子に慕われる助産婦が語る，こころを育む出産。

四六判／208頁／並製　　　　　　　　　　　　　　　　　　2刷▶1600円

すこしだけ微笑んで
四カ所ふじ美著

1歳6カ月で脳腫瘍を発病。懸命に病と闘い，4歳でこの世を去った茉奈。その笑顔と生きる姿が，私たちにのこしてくれたもの──。

四六判／194頁／並製　　　　　　　　　　　　　　　　　　　　1300円

＊価格は税別